KB147774

THU

차례

내 여행은 다분히 충동적이다.
여행을 계획하고 또 목적이 있어서 보다는
TV에서나 책에서 여행지가 눈에 들어오면
가슴에 들어오면 가장 빠른 일정을 정하여 그냥 훌쩍 떠난다.
그리고 그냥 떠나서
동네마실을 다니고 동네카페에서 커피를 마시면서
내가 사는 이곳과 비슷하게 살아간다.

그래서인지
여행지의 유적지나 자연경관보다
그 동네가 기억나고
그 커피가 더 기억이 나는 경우가 있다.

가고 싶은 곳은 그냥 가야 한다.
가고 싶어도 갈 수 없는 경우가 많기 때문이다.
그리고
가서 느끼는 것들은
순전 내 몫이다.

여행의 매력은 한결같지 않음에 있고
낯섦에서 오는 설렌 불안함에 있다.
시험시간에 시험지가 내 책상 앞에 놓였을 때
느끼는 그것과 비슷하다.

그냥 가서
그냥 느끼고
또 그냥 사는 것.
나에게 여행은, 삶은 이런 것이다.

라다크로 가.

뉴델리 가 go
마날리 가 go
라다크 가 go
까르길 가 go
스리나가르 가 go
다람살라 가 da,

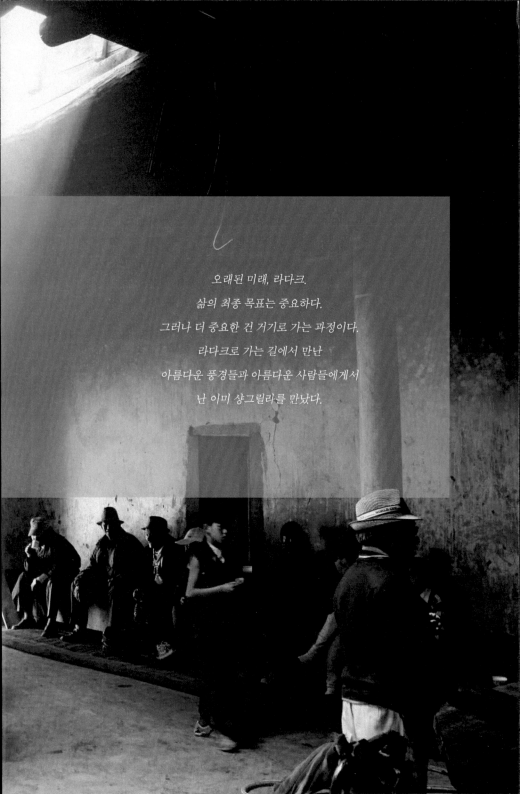

오래된 미래, 라다크.

삶의 최종 목표는 중요하다.

그러나 더 중요한 건 거기로 가는 과정이다.

라다크로 가는 길에서 만난

아름다운 풍경들과 아름다운 사람들에게서

난 이미 샹그릴라를 만났다.

한결같은 도시.

인도는 분명 매력적인 곳이다.

인류의 문명은 인더스 강을 중심으로 시작되었다. 인류의 가장 위대한 발명품인 숫자를 처음 사용하였고 그 숫자 중에서도 가장 미스터리하고 매력적인 수인 '0'의 비밀을 알아낸 나라이기도 하다.

그러나 지금의 인도는 안타깝게도 갇혀 있다.

빈부의 격차가 가장 심한 나라로, 아직도 카스트 제도라는 과거의 신분 제도에서 벗어나지 못하고 있다.

인도의 뉴델리에는 이번이 두 번째 방문이다.

참 한결같다. 한결같다는 것은 그만큼 도시의 변화가 거의 없다는 의미이다.

변화가 없다는 것은 좋은 의미인 걸까? 아닌 걸까?

사람이 한결같다는 건 어떤 사람을 의미하는 건지.

한결같음을 미화하는 시대가 있었다. 그러나 사람은, 사회는 계속 변화해야 한다.

과거에 머무른다는 것은 썩는다는 것이다.

기득권층이 원하는 것이 바로 변화하지 않는 것이다.

물론 한결같아야 할 것들도 분명 있다.

인류의 보편적 가치들과 배려하고 서로 사랑하는 마음과 행동들에 대해서는 한결같음을 인정하기로 한다.

　정신없이 다니는 사람들과 릭샤, 그리고 각국에서 온 히피족들까지.

인도는 그래도 인도다.

뉴델리에는 여행자 거리가 있다. 바로 빠하르간지다.

수많은 숙소와 식당과 그리고 기념품 가게들이 들어서 있다.

자전거 릭샤와 오토릭샤, 그리고 자동차들이 이 좁은 골목길을 피하면서 다니고 있다.

그리고 소달구지까지, 버라이어티한 교통수단과 또 사람들.

인도에 오면 느끼는 감정은 바로 혼돈 속의 질서, 질서 속의 혼돈이다.

호텔 로비에서 더위를 식히면서 앉아 있는데 한 중년의 한국 사람이 나에게 하소연을 한다. 어제 인도에 부부가 같이 도착했는데 여행브로 커에게 당해서 현금을 빼앗겼다는 것이다.

인도에서는 별로 놀랄 이야기가 아니다.

인도여행의 기본은 '아무도 믿지 말라' 이다.

물론 여행하면서 훨씬 순수하고 착한 사람들도 만나게 되지만 인도인에게 여행자는 하나의 상품에 불과하다.

좋은 가격으로 거래를 하는 것도 아닌, 속여서 사기를 쳐야 하는 걸어 다니는 상품 중 하나인 것이다.

호텔 로비에서 그와 대화 중에 인도인 두 명이 와서 그 중년 사내와 무언가 이야기를 하고, 난 그 옆에서 본의 아니게 대화를 엿들었다. 요즘 이런 사건 사고가 워낙 많아서 이런 일을 해결하는 사람도 생겼다는 것이다.

나중에 우연히 라다크에서 그를 만났는데 상당 부분을 찾았다고 들었다. 참 다행이다.

  인도 호텔의 특징은 천장에 팬이 설치되어 있다는 것이다.

누워 있으면서 팬이 돌아가는 모습과 소리를 듣고 있으면

아, 이곳이 인도라는 걸 확실하게 인식하게 된다.

인도에 대한 환상은 어디에서 기인되었을까.

류시화 시인의 책이 영향을 주었을까.

영화에나 다큐에 나온 화려한 색감 때문이었을까.

아마 나는 '김종욱 찾기' 영화에서 본 원색적인 색깔과 낭만적인 사랑에 반한 것이리라.

  시장구경을 나선다.

갑자기 쏟아지는 폭우에 난 꼼짝없이 갇히고 말았다.

비는 언제 왔냐는 듯 그쳤지만 길은 물이 빠지지 않은 채 크고 작은 웅덩이들을 만들었다.

물웅덩이 위로 소똥들이 떠다니고 물색은 흙탕물을 넘은 색으로 내가 발걸음을 옮기는 것을 쉽게 허락하지 않았다.

그러나 나는 아는 것이다.

이 물이 빠지기를 무작정 기다린다는 것이 얼마나 어리석은 일인지를.

어쩔 수 없이 어떠한 것들이 있는지 모를 물웅덩이를 걸어서 숙소로 돌아올 수밖에 없었다.

내가 할 수 있는 최선은 발을 깨끗이 씻고 또 씻는 일이었다.

  인도에는 사람들의 수만큼 신이 존재한다고 한다.

그리고 카스트 제도는 법적으로는 사라졌지만 생활 속에는 여전히 살아 숨쉬고 있었다.

간디는 불가촉천민을 신이 사랑하는 사람이라고 했지만, 암베드카르(인도 독립 후 최초 법무장관으로 불가촉천민)은 신이 버린 사람들이었다고 했다.

이 불평등과 차별에 저항하여 불교로 불가촉천민들을 귀의시킨 일은 유명한 이야기로 전해 온다.

간디는 귀족 출신으로 불가촉천민을 신이 사랑하는 사람이라 표현할 수 있겠지만, 암베드카르는 불가촉천민으로서의 실제 삶을 겪었기에 그렇게 표현할 수는 없었다.

  사람을 어떤 기준으로 나누는 일.

신분으로 나누고 학력으로 나누고 부의 기준으로 나누고 직업으로 나

눈다.

모든 사람은 신 앞에 공평하다는 구호는 빈껍데기의 구호일 뿐이다.

사회는 점점 세분화되고, 구별하고 차별한다.

우리 사회에서도 카스트 제도는 여전히 존재하고 있다.

인도의 스위스를 만나다,

　스위스라는 나라 하면, 아름다운 알프스를 둘러싼 아름다운 풍광과
휴양의 나라가 떠오른다.
그래서인지 몰라도 우린 이런 수식어로 불리는 곳을 많이 접한다.
아르헨티나의 스위스 바릴로체, 그리고 인도의 스위스 마날리.
뉴델리에서 무려 16시간 만에 도착한 마날리였다.
피폐한 얼굴과 몸을 이끌고 숙소에 도착한 첫 느낌은 참 좋다… 였다.
인도 델리의 그 무지막지한 먼지와 소음 속에 살다가 산으로, 숲으로
이루어진 도시에 접어든 순간,
정말 이곳이 인도의 스위스라고 믿게 된다.

마날리는 신의 나라답게 힌두의 마누신이 하늘에서 배를 타고 내려온 곳이라는 데에서 유래했다고 한다.

이곳은 크게 세 구역으로 나뉜다.

뉴마날리, 올드마날리, 그리고 바쉬쉿 지역.

숙소는 올드 마날리에 있는데 마을의 가장 꼭대기에 있는 숙소로 인하여 헉헉 숨을 몰아쉬며 배낭을 메고 힘들게 올라갔지만 너무나 탁 트인 전경은 이러한 힘듦을 상쇄하고도 남았다.

그리고 동네가 바로 접해 있다 보니 쉬엄쉬엄 마실을 다닐 수 있어 더욱 좋았다.

숙소와 식당과 카페와 기념품 가게가 모여 있는 곳으로 향한다.

난 이번 여행에 여름옷을 준비하지 않아 옷을 사러 갔다.

알리바바 바지라는 몸뻬 바지와 티를 거금 1만원 주고 산다.

인도에서는 '무조건 깎아라'가 상거래의 기본이지만, 주인이 절대 에누리 불가를 외치는 바람에 끝내 깎지는 못했다. 곰곰이 생각해 보니 1~2천원 깎으려고 나의 에너지를 낭비하고 싶지도 않았다.

천천히 마날리 내에 있는 수목원을 산책하러 나간다.

산 위에 있는 눈이 녹아서인지 냇가의 물은 거세게 내려오고 있었고 수목원에는 동네사람들이 산책을 하고 있었다.

동네 아이들은 크리켓을 즐기고 있었다.

참 평화롭다… 라는 느낌이 들었다.

그러나 출구를 찾기 위한 길치의 힘겨움이란.

길치인 나로서는 길을 나설 때마다 골목모퉁이에는 무엇이 있고 상호가 무엇이고 하는 것을 기억하는 것이 바로 생존이었다. 그래도 아직까지 한국이라는 곳에 있는 거 보면 생존하고자 하는 힘은 위대하고

또 연어가 태어난 곳으로 본능적으로 회귀하듯이 나의 복귀본능 DNA
도 아직까지는 유효했다.

한국인이 운영한다는 카페에 들러서 한국음식이 아닌 현지 송어음식
을 먹고 한가로이 폼을 잡기 위해 책을 읽으면서 시간을 보낸다.

그리고 그 책을 빌려가기로 한다.

최대한 순수하고 애원한 눈빛으로 내일 꼭 갖다 주겠다는 의연한 눈빛
까지 더해서 책을 빌리는 데 성공한다.

이렇게 마날리의 하루는 평화롭고 여유 있게 흘러가고 있었다.

　뉴마날리 구경을 하기 위해 터벅터벅 걸어 나오는 아침이다.

이곳은 사과로도 유명한 곳이다. 우리들이 한국에서 흔하게 본 큰 사
과처럼 개량종이 아닌 토종사과로 아주 작고 단단하다.

아주 맛있고 달다고 해서 먹었는데 솔직히 한국 사과보다는 맛이 덜했
다.

광장에 앉아 사람구경도 하고 불량 아이스크림도 맛있게 먹고 돌아다
니는데, 거리에서 솥뚜껑 모양의 이상하게 생긴 악기를 연주하는 동양
인 여자가 보인다. 예뻐서인지 아니면 극동의 외모 때문인지 시선을
끄는 데 성공한 버스커 여인은 일본인이라고 했다.

고유의 악기라고는 하는데 내가 본 적은 없었고, 다른 곳으로 가기 위
한 교통비를 마련하기 위해 공연을 하고 있는 중이라고 한다.

걸인이 와서 바구니에 있는 돈을 몽땅 가져가 버린다.

주위에 구경하고 있는 현지인들이 걸인을 붙잡아 다시 돈을 갖다 놓으
라고 한다.

다행히 걸인은 돈을 다시 가져다 놓는다.

나는 참 다행이라 생각하고 적은 돈이지만 바구니에 담았다.

숙소에서 먹을 간식거리가 필요했다.

사과 노점을 하고 있는 할머니에게 가서 가격을 물어본다.

할머니는 나를 빤히 쳐다만 보신다.

이건 말이 통해야 사과를 사던지 말던지 하지.

온갖 바디 랭귀지를 동원했지만 의사소통에 결국 실패하고

그렇다고 포기할 대니는 아니다.

그냥 지폐를 한 장 내주고 가만히 있으니 그 돈만큼 사과를 주는데 양이 너무나 많다.

간식으로 당분간 사과만 먹어야 한다.

대니, 너는 다 계획이 있구나.

바쉬숏 축제는 아름답다.

바쉬숏에 가기로 한다. 오토릭샤를 타고 가야 하는데 가장 큰 문제는 비용이다.
일단 가격을 정하고 기사와 흥정을 한다.
가격 선을 정해놓고 이 정도면 무조건 가려고 마음먹었다.
단번에 기사와 나는 합의하여 바쉬숏으로 달린다.
마을로 올라가는 언덕이 장난이 아니다. 릭샤에 3명 이상 타면 올라가기 쉽지 않을 것이라는 말은 결코 거짓이 아니었다.
힘을 낸 릭샤는 겨우겨우 올라선다.

바쉬숏은 온천으로도 유명한 곳이다.
그러나 나는 온천 행은 과감히 포기하기로 했다.
분신 같은 카메라도 있고, 놀랄 만한 빈약한 몸매의 소유자인지라 맨몸을 보여 줄 용기는 더더욱 나지 않았다.
한국식당이 있다고 해서 점심을 먹으러 찾아갔다.
인도는 한국식당이라고 해서 한국인이 모두 다 운영하는 곳은 아니다.

현지인들이 한국인에게 배워서 하거나 한국 식당을 인수받아서 계속 하는 경우가 많다. 다시 말하면 한국 사람들이 인도에 상당히 많이 오고 있다는 방증일 것이다. 이곳은 현지인이 운영을 하고 있었고 식당은 이 마을 가장 끄트머리에 자리 잡고 있었다.

김치볶음밥을 시키고 책을 읽고 있는데 엄청난 양의 밥이 나온다.

이거 1인분 맞아요?

맞단다. 먹고 또 먹고 또 먹었지만 끝내 깔끔한 접시는 실패하고 말았다.

양이 문제였는지 맛이 문제였는지는 비밀로 하겠다.

이 마을은 공동우물을 사용하고 있었다.

우물에 모여서 빨래를 하는 모습이 정겨워 보였다.

그때 소 한마리가 우물 쪽으로 쑤욱 오더니 소도 목욕을 시킨다.

힌두의 나라라고 하더니 이곳도 인도는 인도였다.

너와집 지붕이 아름답게 수놓은 동네를 다니면서 온천이 있는 중심부에 들렀는데 많은 동네여인들이 모여 기도하고 춤을 추고 있었다.

오늘이 축제일인 듯하다.

그걸 지켜보는 외국여인들도 같이 춤을 추고 나도 같이 추고 싶은 충동이 일었지만 남자들은 아무도 추지 않고 있었다.

남자가 춤추는 것이 이 축제에 어긋날지 모른다는 내 나름의 합리적인 이유를 들어 얌전히 있기로 했다.

연신 카메라셔터를 누르고 눈과 마음으로 축제를 즐기고 나올려는 찰나에 아름다운 청년들이 눈에 들어왔다.

통하지 않는 언어지만 사진에 대한 양해를 구하고 화면에 담았다.

바쉬솟의 아름다운 풍광과 아름다운 축제 그리고 아름다운 사람들..

내 가슴속에 깊게 자리 잡았다.

단 이곳도 소들의 천국이라 소똥 냄새와 소똥을 피해 다녀야하는 수고 정도는 가볍게 여길 줄 아는 후각과 여유를 가지고 가야 함을 명심해야 한다.

마날리의 한가로운 저녁을 만끽하러 동네를 마실 나가기로 했다.
좁은 골목길을 가면서 보는 특이한 주택 구조와 사람들.
한국의 옛 시골 마을처럼 수다를 떨고 있는 아주머니들의 모습들과 배드민턴을 치고 있는 아이들과 그것을 구경하는 아버지와 아들. 그리고 소녀 친구들.
그 옆에 앉아 나도 구경을 한다.

사원이 있는 곳으로 천천히 발길을 옮긴다.
지붕에는 동네 남정네들이 수리를 하고 있는 지 분주히 움직이고 있었고 사원 앞에서는 남매인지 모를 두 아이가 천진하게 놀고 있었다.

사람 사는 마을이란 이런 것이다.
사는 건 나름나름 비슷하다.

　내일 새벽이면 라다크의 수도 레로 떠난다.
하루 이상 걸리는 시간을 차를 타고 가야 한다.
4,000미터가 넘는 고개를 넘는 길이다.
상상만으로도 끔찍하지만 또한 색다른 풍광을 볼 수 만날 수 있다고
생각하니 즐거운 고갯길일 수도 있겠다는 생각도 든다.

　오래된 미래. 라다크여!
내가 지금 가고 있도다.

하루 만에 가지 못하고 샤추에서 하루 야영을 하고 가야한다.
끊임없이 이어지는 S자형의 올라가는 길.
그리고 내려가는 길.
비포장도로에 먼지를 날리면서 가는 길에 대한 두려움.
그래도 두려움보다는 과연 어떤 길이 펼쳐질 것인가, 라는 기대감이 더
컸다.

우리는 이 길을 로탕패스라 부른다.
자동차로 해발 4,000미터 정도의 고개를 넘어가야 한다.
산 중턱에 구름인지 안개인지가 잔뜩 끼어서 시야를 가리고 있었다.
그리고 그 밑에는 끝도 보이지 않는 낭떠러지가 기다리고 있었다.
휴게소라고 하는 곳이 보인다.
우리는 따뜻한 짜이를 마시기 위해 내렸다.
수많은 여행객들이 모여 있었다. 인도인, 동양인, 그리고 서양인까지

섞여서 경이로운 풍광을 보면서 피곤함을 따뜻한 차로 풀고 있었다.
짜이 한 잔은 완벽한 피로회복제이자 마음에 여유를 생기게 하는
묘약이었다.

　이런 거친 길을 모터사이클을 몰고 가는 사람들.
그것을 넘어서 바이크를 타고 가는 사람들.
과연 이들은 어떤 사람일까?..라는 궁금증이 찾아온다.
진정한 여행가인지 무모한 여행가인지.
나는 그들에 비해 너무나 편하게 가는 것이 아닐까… 라는 생각마저
들게 만들었다.
여행은 참 묘하고 묘하다.
편한 길보다는 험한 길이 기억에 남고
힘들고 아찔했던 순간들이 여행의 추억으로 더 깊게 자리잡는다.
삶도 참 묘하고 묘하다.
평범함은 잊혀지는 시간이 되지만, 힘든 시간은 더딘 만큼 삶의 무게를
확실하게 느끼게 해 준다.
남이 나에게 주었던 배려는 금방 잊게 되지만, 남에게 받은 상처는 가
슴속에 깊게 박히게 된다.

　이 황막한 길에서 마을을 맞이한다.
계단식으로 이루어진 밭에서 작물을 재배하고 우리같은 여행자들에게
음식과 물건을 팔아 생활하고 있다.
라다크 레로 가는 길은 일 년 내내 열려있지는 않다.
겨울에는 혹독한 자연환경으로 길이 닫혀 버린다.
누구에게나 언제나 하락하지 않은 곳이다.

이러한 척박한 땅에서 사는 사람들.
그들에게 삶은 어떤 의미일까?
이런 생각과 풍광을 보면서 사츄(해발 4,660미터)에 드디어 도달한다.

　풀 한 포기 없는 황량한 자연이다.
그런데 이런 황량함이 더욱 맘에 든다.
꾸미지 않은 꾸밈이 없는 사람의 민낯을 본 듯한 느낌이 들었다.
자연을 그대로 보여주는 듯한 느낌이 좋다.
여행을 할 때마다 느끼는 것은 지구엔 참 비슷한 곳이 많다는 생각이
다. 경이로운 풍광에 이런 곳은 정말 여기뿐일 거야, 하는 나의 생각은
다음 여행지에서 여지없이 또 깨져 버린다.
지구는 참 경이롭고 아름다운 별이다.

고개를 넘고 넘어 확 트인 풍경을 맞이한 순간에 하필이면 우리가 타고 온 짚 차가 엔진과열로 문제를 일으킨다.
이곳의 차는 새 차는 당연 구경하기 힘들고 우리가 타고 온 차도 과연 연식을 짐작하기도 어려운 차였다
정말 요따위 차로 이틀 동안 레까지 무사히 갈 수 있을까… 라는 걱정이 있었는데 역시나 기대에 어긋나지 않았다.
물론 그 덕분에 우린 내려서 멋진 풍경을 맘껏 볼 수 있는 시간을 가지게 되었다.

저기 저 멀리에서 바이커들이 한 무리로 올라온다.
자전거를 시내에서도 겨우겨우 타고 다니는 나인지라 그 광경에 참 할 말이 떠오르지 않는다.
거기에 여성들까지 포함되어 있다. 이거… 정말 가능한 일인가.
바이크 동호회에서 왔다고 하는데 더욱 놀라운 것은 뭄바이에서 출발해서 왔다는 것이다.
인도 뭄바이는 바로 인도 남서쪽에 위치한 도시가 아니던가.
여기까지 올라올 수 있게 하는 힘은 과연 무엇이었을까.
그들의 웃고 이야기하는 모습에서 찾을 수 있을 듯 했다.
바로 끈끈한 우정이었을 것이다.
앞서 가는 것이 아닌 같이 격려하면서 함께 가는 것.
우리 인간사회도 이랬으면 좋겠다.
더불어 사는 그런 사회가 되었으면 좋겠다.
비 올 때는 우산, 햇빛에는 양산이 필요하듯이 우리가 후대에게는 더불어 사는 사회를 유산으로 물려 줄 수 있기를 바라본다.

지친 몸으로 휴게소에 들러 습관적으로 짜이를 마신다.

짜이를 마시면서 여유를 느끼고, 함께 몸이 고단하면 할수록 내가 살아있다는 느낌을 받는다.

아프다는 건 살아있다는 증거라고 스스로를 위로한다.

힘듦을 느낀다는 건 몸이 반응하는 것이라고 나름 긍정적으로 생각하면서 우리는 라다크의 레로 향한다.

곧 도착할 것이라는 운전기사의 말을 굳게 믿고.

그러나 그 시간은 언제나 그렇듯 줄지 않았고 빨라지지도 않았다.

달라이 라마를 만나다,

이틀간의 긴 여정 끝에 드디어 라다크의 수도 레에 무사히 도착했다.
그러나 이 마지막 도착지에서 우리의 차는 도착했음을 확실히 신고했
다.
바퀴에 펑크가 난 것이다.
그늘이 하나도 없는 그리고 삭막한 사막도시에서 우리는 그렇게 30분
동안 차 안에 있어야만 했다.
독특하고 혹독한 신고식이었다.

레에 도착하기 전에 조그마한 마을이 하나 있었다.
우리는 허기를 여기서 해결하기로 했다.
티베트 국수인 뚝바와 만두인 모모를 시켜놓고 있는데 옆에 한 가족이
앉는다.
같이 간 일행이 즉석사진기로 사진을 찍어 보여주자 모두 포즈를 취하
고 있는데 한 꼬마 녀석 자존심인지 거절한다.
그러나 그 자존심은 한국산 사탕하나에 무너지고 말았다.

그런 가족을 보고 있으니 괜히 가슴이 따뜻해진다.

　라다크의 수도 레.
사막 위의 도시라는 표현이 딱 맞는 듯하다.
아, 여기가 수도가 맞아… 라는 생각이 가장 먼저 들었다.
티베트 불교의 흔적인 곰파가 엄청나게 많이 자리 잡고 있었다.
라다크 왕국은 티베트 왕조에서 계승된 혈통으로 900년 동안 독립된
왕국이었지만, 이슬람 국가에 멸망한 후 지금은 인도의 영토가 되어 있
다.
라다크 사람들은 스스로를 '라다키'라 부르며 인종과 종교의 차별 없이
조화롭게 살아가고 있다.
'오래된 미래'라는 책에 이끌러 온 라다크.
어떤 모습을 보여 줄지, 아니 보게 될 지 기대가 된다.

　고산지역이라 샤워를 삼가해야 한다는 상식을 무시한 채 오랜만에
깔끔하게 샤워를 하고 머리를 감고 있는데. 문을 누군가가 두드리는
소리가 들린다. 누구지? 하며 수건으로 머리를 감싸면서 문을 여니 같
은 여행자 일행인 선생님이시다.
오늘 80년 생일을 맞이하여 달라이 라마께서 레에 오신다는 거다.
아, 레 입구에 들어오면서 보였던 장식을 보면서 무슨 축제를 하나 했
더니 바로 달라이 라마 환영식이었나 보다.
달라이 라마.
티벳 망명정부의 정치지도자이자 종교지도자이다.
'달라이'는 몽골어로 가쵸(지혜를 가진 영혼)와 함께 '바다'를 뜻하며, '
라마'는 산스크리트어의 '구루'에 해당하는 말로 '영적인 스승'이라는

뜻이다. 달라이 라마란 바로 바다와 같은 지혜를 가진 스승이라는 뜻이 되는 것이다.

현재 달라이 라마는 14대이며 달라이 라마가 죽으면 차기의 달라이 라마가 탄생한다고 믿고 있다.

그러나 이러한 달라이 라마까지 중국정부가 통제하고자 한다.

중국의 티베트 침공으로 인하여 티베트라는 나라는 사라졌고, 인도의 다람살라에 망명정부를 두면서 독립을 꿈꾸고 있다. 일제 강점기 때의 우리나라의 임시정부처럼.

중국이 테러라고 하는 것들의 다른 이름은 망명정부와 강제로 병합된 민족의 독립운동일 수도 있다.

마오쩌둥이 약속했던 소수민족의 독립은 '중국은 하나다'는 중국 공산당의 원칙에 의해 철저히 현재까지 탄압받고 있다.

달라이 라마를 보기 위해 스티툭 사원에 하나 둘씩 모이기 시작하는

티벳탄들.

라다크의 수도 레의 상점들은 거의 다 개점휴업 상태가 되었다.

멀리서는 달라이 라마의 형체만 거의 보일 정도였지만 자리를 깔고 끊임없이 절을 하는 그들의 모습에 달라이 라마에 대한 무한한 존경심이 그대로 느껴졌다.

그들의 경건함에 나도 모르게 감동하게 되었다.

수많은 사람들이 모여 들고 있어도 교통체증 전혀 없이 질서정연한 모습을 보면서 무엇이 티베트인들을 이렇게 평화롭게 만드는 것이었을까 생각했다.

달라이 라마는 바로 티베트였고 살아 있는 붓다였다.

그들에게는.

달라이 라마를 직접 본 순간의 느낌은 매스컴에서 본 모습과 똑같은 모습이라는 것이다.

보는 관점이 역시 그들과 나는 달라도 너무나 달랐다.

달라이 라마는 이렇게 말한다. '나를 마지막으로 환생하지 않겠다'고.

달라이 라마를 계승하려면 환생자를 찾아내고 이를 공인할 판첸 라마가 필요한데, 중국정부가 판첸 라마를 연금시켜 버렸다.

지금까지 생사도 확실하지 않다고 한다.

중국은 소수민족의 문화와 보존을 겉으로는 표방하지만 점점 한족화시키고 있는 중이다.

소수민족과 한족이 결혼하면 자녀의 민족을 선택할 수 있다고 하는데 대부분 한족을 선택한다는 것이다.

그 이유는 차별에 있다.

중국은 알게 모르게 한족에게 훨씬 더 많은 혜택을 주고 있다.

우리 조선족 자치구도 인구의 감소로 인해 자치구의 지위를 상실할 지도 모른다는 이야기를 들은 것 같다.

중국의 가장 큰 위험을 경착륙 경제라 하지만 나는 소수민족의 독립이 되지 않을까 조심스레 예측해 본다.

누르면 누를수록 폭발력은 더욱 커지고 한번 터지면 여러 곳에서 동시에 퍼져 나갈 것이다.

티베트 사람들의 나라, 독립된 티베트를 다시 볼 수 있기를 진심으로 바라본다.

　레의 수도에서 확 틔는 건축물이 산 중턱에 웅장하게 버티고 서 있다.
바로 레 왕궁이었다.

가는 길이 골목길로 되어 있어서 헷갈리지만 어차피 올라가면 될 것이
라는 무대뽀 정신으로 출발한다. 나는 단순무식형에 가깝다. 결론적으
로는 일하고 있는 라다크인에게 물어 물어서 갔지만.

마침내 올라가니 젊은 총각이 표를 팔고 있다.

레 왕궁 구경을 하러 안에 들어가니 겉에서 본 웅장함은 곧 실망으로

바뀌고 만다.

흙으로 되어 있는 바닥은 물론이고 어두침침한 내부와 왕궁으로 상상했던 장식이나 화려함은 전혀 볼 수 없었다.

내부수리 중이라고 하는데 수리하고 있는지 전혀 알아볼 수 없었다.

라다크 왕국의 멸망을 현재에도 충분히 실감할 수 있었다.

레 왕궁에서 나와서 남걀 체모 곰파로 올라가기로 한다.

레의 해발을 너무 우습게 생각했다.

이 도시의 높이가 3,500미터 이상이라는 걸 망각한 채 곰파로 올라가는 데 가깝게 보이는 그곳은 가도 가도 쉽게 도착을 허락하지 않았다.

너무나 건조한 날씨와 고산증세가 있는 듯 입술이 바짝바짝 타 오르고 갈증이 최고조에 이른다.

겨우 도착했는데 레 왕궁과 별도로 스님 한 분이 입장료를 받고 있었다.

앞에 먼저 도착한 프랑스 아주머니. 입장료를 또 받는다고 그 스님과 실랑이를 벌이고 있었다. 한국 돈으로 한 500원 되나 싶다. 내가 대신 내고 싶어졌다. 왜냐하면 난 지금 스님 옆에 있는 먹다 남은 물병이 훨씬 더 중요했기 때문이다. 나에게는 생존의 문제였다.

그 여인이 물러가고 난 물을 달라고 애원했다.

겨우 얻어먹은 거라 맘껏 마시지는 못했지만 이 한 모금의 물맛은 꿀맛보다 더 달콤했으며 나에게는 생명수와 같았다. 갈증은 나름대로 해소되었다.

사원을 들어가는데 신을 벗고 다니라는 글이 보인다.

신을 벗고 다니는데 벗은 사람은 나 한 사람뿐이다.

그렇다면 나도 대중들과 함께 해야 하지 않겠는가.

그래서 신을 다시 신고 돌아다닌다.

규모가 크지 않은 사원이다 보니 그 프랑스 아주머니와 자주 마주치게 된다.

아직도 입장료가 불만인 듯 계속 중얼거리고 나에게도 하소연을 한다.

꼭대기 올라가는 계단은 급경사로 되어 있어 그 아주머니를 손잡아 올려주고 난 얼른 하소연을 벗어나고자 사원을 빠져 나왔다.

나에게 이곳은 500원의 입장료 때문에 불평불만을 끊임없이 쏟아내고 있는 프랑스 아주머니와 대책없이 무턱대고 올라왔다가 여행을 마감할 뻔한, 그런 공포의 곰파로 기억될 것 같다.

판공초 가는 길.

　꿈에 그리던 판공초 가는 날.
설렘으로 잠을 설친 까닭에 고산병에 대한 두려움이 스멀스멀 되살아
났다.
우리는 여행지에 대한 막연한 환상을 글이나 영화 같은 매체로 꿈꾸곤
한다. 인도 영화 '세 얼간이' 에서 주인공들이 마지막에 만났던 곳이 바
로 이곳 판공초이다. 나는 그 영화에서 판공초의 아름다움에 한눈에
반해 버렸다. 나도 모르게 이러한 환상이 분명 있었을 것이다.
물론 영화의 스토리도 재미있었고 삶에 대해 생각하게 하는 내용이었
다. 발리우드 영화답게 생뚱맞은 춤과 노래의 등장으로 집중하는 것이
가끔은 방해가 되기도 했지만.

새벽 5시에 출발해서 왕복 10시간이 넘는 거리를 가야 한다.
같이 갈 일행 중 한 명은 작년에도 이곳을 찾았지만 고산증세로 판공
초를 보지 못하고 이번에 다시 도전한다고 한다.

오늘은 분명 성공할 수 있으리라는 믿음으로 출발한다.

 판공초 가는 길의 위험이란 알고는 있었지만, 아슬아슬한 낭떠러지 길을 가고 있노라면 혹시 내가 죄를 많이 지었는지 돌아보게 된다.
죽음이란 운명이라 생각하면서도 오늘이 제발 그날이 되지 않기만을 간절히 기도했다
낭떠러지 아래에는 군용트럭이 찌그러진 채 보인다.
몇 년 전 사고로 몇 명이 여기서 죽었다고 한다.
이 길의 위험성에 경각심을 주기 위해 그대로 방치한다고 했다.
나름 착하게 살았다고 스스로 주문한다.

 세계에서 자동차로 갈 수 있는 세 번째로 높은 고개인 창라패스 (5,360m)에 도착했다.

나는 습관적으로 짜이를 마시고 몇 분은 인도라면을 먹는다.

같은 일행 중 동갑내기가 웃통으로 차 밖으로 나돌아 다닌다.

인도인들이 신기한 듯 사진을 찍고, 우리들도 증거자료로 셔터를 누른다.

그리고 나는 그의 행동을 '객기' 라 명명하기로 한다.

이건 고산병에 참 치명적인 행동이라고 한다.

다행이 최적화 여행자인 그에게는 아무 일도 일어나지 않았다.

그의 객기와 그 객기를 이겨낼 수 있는 건강함이 부러웠다.

 패스를 정점으로 이제 다시 내려가는 길.

구름이 산 중턱에 걸려 있는 모습에 이곳이 얼마나 높은 곳에 위치해 있는지 새삼 느껴진다. 가는 길에 야크무리를 만났다. 야크는 고산지대에 최적화되었고 민감한 동물이라서 낯선 사람들이 다가가자 멀리 도망가 버린다.

한참 후 야크를 키우는 한 가족을 만나서 인사를 하고 출발한다. 드디어 판공초로 접어들었다.

해발 4000미터 이상에 위치한 호수인 판공초.

초는 호수라는 의미다.

히말라야 산맥의 융기로 바다가 호수가 되어버린 염수호이다.

눈이 부실 정도의 시퍼런 색깔을 기대했건만, 기대는 항상 깨지기 위해 존재하는 건지도 모른다.

그러나 하늘을 반영한 호수의 모습은 오늘의 수고를 보상하고도 남았다.

바지를 올리고 호수에 발을 담가 보았다.

호수까지 오는 길의 아름다운 풍광과 하늘위의 호수 풍광은 아마 나의 뇌리에 끝까지 각인될 것이다.

 판공초 부근의 식당에서 점심을 먹었다.
수많은 여행자들이 모여서 숙식을 해결하는 곳이다.
그러나 이런 곳들이 생겨나면서 판공초의 물이 오염되고 있다고 한다.
우리는 아름다움을 보기 위해 구석구석을 찾아다닌다. 그러나 그 후에
일어날 일에 대해서는 생각하는 걸 잊어버린다.

 나는 과연 여행을 잘 하고 있기는 하는 걸까.

헤미스 곰파의 전설.

내가 묵었던 호텔에 어린 여자아이가 있었다.
아마 여기서 일하면서 숙식을 해결하는 아이인 것 같았다.
혼자 쉬고 있는데 왔다갔다 하기에 한국에서 가져온 과자와 볼펜을 건
넸다.
이름은 래돌마라고 한다.
시골에서 어린 시절을 보냈던 나는 이 아이에게 괜히 정이 갔다.
돌마는 라타크에서 아주 흔한 이름이라고 한다.
어렸을 적 우리나라의 '희'자나 '숙'자나 '자'자 처럼.
그럼 '래희'라고 하자. 언젠가 레에 가게 되면 한번 래희를 보러 가야겠
다. 그 애의 얼굴은 홍조를 띠고 있었고 얼굴은 추위에 터져 까칠했다.
어릴 때 내 얼굴과 많이 닮아 있었다.

오늘은 헤미스 곰파(사원)를 방문하기로 한다.
너무나 아름다운 곳이니 꼭 방문해야만 한다는 말 때문이다.

우린 이런 말들에 너무나 약한 존재가 아니던가.

그러나 정작 헤미스 곰파가 유명한 이유는 예수와 관련이 되어 있어서다.

예수의 유년기는 우리들에게 잘 알려져 있지 않다.

바로 30세에 예수가 이스라엘에 나타나 33세에 십자가에 매달려 죽은 후 3일 뒤 부활한 이야기.

이 3년간의 이야기가 주로 우리들이 알고 있는 예수의 생애일 것이다.

그런데 1950년 이집트 나그하마디에서 발견된 '사해문서'에 따르면 예수는 12세에서 26세까지 인도에서 여행을 했었고 헤미스 곰파 근처에서 소년시절을 보냈으며 예수는 부활한 후 하늘나라로 가지 않고 헤미스 곰파에서 상당기간 머물렀다는 것이다. 잘 믿어지지는 않지만… 그리고 예수의 무덤이 카슈미르에 있다는 설이 있다.

헤미스 곰파는 전형적인 티베트 스타일의 건축물로 내부도 오래된 전각과 벽화들로 아름다운 곳이다.

티베트에 불교를 전파한 인도의 고승인 파드마삼바바 불상이 있고 그의 저서 '사자의 서'는 아직도 신비의 책으로 내려오고 있다.

그리고 이곳은 여름에 스님들이 가면을 쓰고 '참'이라 불리는 춤을 추는 축제로도 유명하다.

이 춤은 사원 설립자의 탄생을 기념하기 위한 축제로 라다크 불교사원 축제 중 가장 큰 규모로 치러지는데 아쉽게 나는 보지는 못했다.

곰파 박물관에 들러 탱화와 옛 유물을 둘러보고 엽서를 몇장 샀다.

그리고 나오는데 젊은 스님들이 매표소에서 모여 이야기를 하고 있다.

말은 통하지 않지만 기념으로 사진 한 장 부탁해 본다.

그들과 나는 많이 닮아 있었다.

헤미스 곰파를 배경으로 한 유채밭 사진은 유명하다.

그래서 사진에서 본 유채밭이 어디 있지, 찾으며 앞으로 나오는데 아주 조그마한 유채밭이 보인다.

유채꽃은 별로 피지 않은 상태였는데, 이 정도의 규모로 그렇게 멋진 사진을 찍었을 사진작가들의 노력과 실력에 진심으로 경의를 표한다.

작가의 정성과 노력이었구나, 물론 또 다른 이름은 조작일 수도 있겠지만, 하면서.

스님 한 분이 레에 나가는데 차를 같이 탈 수 없겠냐고 물어본다.

물론 안 될 이유가 전혀 없지 않겠는가.

틱세 곰파의 마니차.

　레 틱세 곰파는 라다크 레를 소개할 때면 여지없이 나오는 사진의 배경이 되는 곳이다.

곰파는 티베트 불교 사원이라고 생각하면 될 듯하다.

웅장한 모습을 보여주듯이 레에서 가장 부자(?)인 곰파라고 한다.

부자와 곰파의 이미지는 언뜻 매치가 안 되지만 무소유를 말씀하신 법정스님조차 친구들과 막걸리 마실 돈은 필요하다고 했다.

도덕경의 노자도 돈에 집착하지는 말라 했지만 돈은 인생의 윤활유로서는 필요한 것임에 틀림없다고 했다.

나 또한 가난함보다는 낫지 않을까, 라는 결론을 내기로 한다.

돈을 자기 욕심을 채우는 수단이 아닌 공생하는 데 사용한다면 그건 분명 더욱 더 가치가 있는 일일 것이다.

나도 늙었을 때 친구랑 막걸리 한 잔 마실 돈은 잘 꼬불쳐 놓아야겠다.

틱세 곰파를 천천히 둘러보면서 불상에 기도도 드리고 만다라를 보면서 삶의 본질(?)에 대해서도 생각해 보다가 문득 스님 한 분과 눈이 마주쳤다.

스님에게 사진을 찍어도 되냐고 양해를 구하자 흔쾌히 승낙한다.

레 곰파의 스님들에게 느낀 점은 참 개방적이라는 것이다.

가끔 나를 스님으로 착각하는 사람들도 있었다.

어딜 가나 현지인으로 스며드는 나의 모습이 나름 대견하다.

곰파 구경을 마치고 내려오는데 노스님이 올라오시다가

곰파 입구에 있는 큰 마니차를 한 바퀴 돌리신다.

윈난성의 샹그릴라에 있는 대형 마니차보다는 한참 작지만 그래도 제법 크기가 있다.

부처님의 법을 읽지 못하거나 시간이 없는 사람들을 위해 불경을 새겨놓은 마니차.

이 마니차를 돌리면 부처님의 말씀을 깨달을 수 있다고 믿는 티베트인들의 종교심에 경건함이 느껴진다.

그리고 나도 이 마니차를 돌리면서 좀 더 착하게 살게 해 달라고,

좀 더 욕심을 내려놓는 사람이 되게 해 달라고 기원했다.

이 바람은 아직까지도 바람으로 남아있다.

우리는 종교가 다르다는 이유로 서로 이단이라는 말을 서슴지 않는
다.
라마불교도 왜곡된 사실로 인하여 우리들에게 편견이 자리 잡고 있다.
이단이라는 판단은 과연 누구의 기준에 의해 하는 것인지 궁금해진다.
그리고 이 판단의 옳고 그름 또한 누가 판단할 수 있는 것인지도.

 오늘은 차분하게 레 시내를 돌아다니기로 한다.

내일의 긴 여정을 위해 휴식도 필요하고, 또한 여행의 진정한 즐거움은 사람들과의 만남에 있다고 생각한다.

시장에 들러 라다크에서 가장 유명한 과일인 살구를 사서 먹었다.

시큰한 맛이 어렸을 적 시골에서 먹었던 그 느낌을 안겨 주었다.

나 어릴 적 우리 외할아버지 집에는 참 오래된 살구나무가 있었다.

태풍이 불 때나 비가 올 때면 살구가 혹시 바닥에 떨어지지 않았을까 라는 기대로 살구나무 아래를 아침 일찍 둘러본 기억이 떠오른다.

그때 할아버지는 왜 살구를 인위적으로 따지 못하게 한 것일까.

지금도 궁금하다. 아마 할아버지는 자연스럽게 생명을 다한 살구만 손자가 먹기를 바랐는지 모르겠다. 손자가 자연을 자연스럽게 바라보고,

삶도 자연스럽게 살아가기를 바랐는지도.

지금 그 나무는 고목이 되어 살구가 더 이상 열리지 않는다.

할아버지와 함께 한 나의 추억이 또 하나 사라지게 되었다.

이곳은 살구열매도 유명하고 살구씨로 만든 화장품도 유명하다.

시장에 들러 살구씨로 만든 크림을 선물로 몇 개 샀다.

또 이곳은 캐시미어 스카프도 유명한 곳으로 구경에 나섰다.

워낙 이쪽 방면에 문외한이라, 구경을 하고 있는데 갑자기 정전이 되었다.

우리가 갈려는 스리나가르에서 이곳으로 전기 공급을 가져 오는데 중간에 큰 산사태가 발생되어 전력공급에 문제가 있다는 것이다.

아, 그래서 와이파이가 되지 않았던 거구나.

그럼 우린 스리나가르로 갈 수는 있는 걸까…….

해발고도 3,500미터가 넘는 도시인지라 조그만 걸어도 피곤함이 크게 느껴진다.

피곤하면 쉬어야 한다는 나의 지론을 실천하고자 잠시 낮잠을 자기로 한다.

천장의 팬이 돌아가는 모양과 소리는 이제는 자장가 소리로 들린다.

한숨 자고 나니 식욕의 본능이 되살아난다.

오랜만에 한국음식을 먹으러 식당을 찾아 나선다.

일단 한글이 보이고 태극기가 보이는 것을 보니 맞게 들어왔다.

그러나 한국 사람은 보이지 않고 현지인만 있었다.

참치김치찌개를 시켜놓고 현지인과 아주 짧고 짧은 언어실력을 발휘하여 대화에 돌입한다.

그는 현지인이 아닌 네팔인이었다. 가족을 위해 돈을 벌기 위해 이곳으로 왔다고 한다. 가족이 보고 싶다는 그의 말에 가슴이 찡해왔다.

그러는 동안에 같이 여행 온 일행들이 들어왔다.

사진을 취미로 하는 동아리로 6명의 남자들이다.

일단 카메라 장비에 기가 죽게 하고, 피사체를 보는 능력에 또 기를 팍팍 죽게 만드는 사람들이다.

그들은 사진 동아리라고 하지만 내가 보기에는 프로사진작가였다.

그들은 닭백숙과 나의 추천메뉴 참치김치찌개를 시켰다.

그리고 나중에 그들로부터 한 마디 듣는다.

대니는 음식맛을 잘 모르거나, 미식가는 아니거나.

그 때 또 한 명의 대한민국 여성이 들어온다.

나와의 합석을 요청한다. 같은 민족이고 같은 여행자인데 당연히 오케이다.

스리나가르에서 짚차 타고 오는 길이라는데 레에 대한 환상이 깨졌다는 이야기를 한다.

스리나가르에 있는 달의 호수에서 너무나 여유있고 편하게 지내다 왔는데 이곳은 해발도 높아 고산증세도 있고 너무나 건조함으로 먼지가 많아서 힘들다는 것이다.

맞다. 라다크 레에 대한 환상을 가지고 오면 실망할 만 하지.

그러나 무언가 모를 매력에 빠져들면 또 머무르고 싶은 곳이 이곳이기도 하다.

괜히 그녀가 스리나가르에 대한 기대감만 높여 놓은 건 아닌지.

사람마다 보는 관점의 다름으로 호불호는 갈릴 수 있다. 그래서 나는 스리나가르에 대한 큰 기대는 하지 않기로 스스로 다짐했다.

다름을 인정하라고 선지자들은 이야기한다.
틀린 것이 아닌 단지 다른 것뿐이라고.
그러나 가끔 이런 의문이 든다.
다르다고 해서 다 인정해야 하는 것이냐고.
다름이 옳지 않으면 옳은 길로 가게 해야 하는 것이 아니냐고.
난 선지자들에게 이렇게 반문하고 싶다.

　권력자에게는 약한 자의 다름은 인정되지 않고
약한 자에게는 권력자의 다름은 인정할 수밖에 없는 나라.
바로 내가 사는 나라의 현실이자 삶의 현실이다.

까르길 가는 길.

레를 떠나 스리나가르로 가는 길에 올라섰다.
하루에 도착하지 못하고 까르길에서 하루를 잠시 머물고 가야 한다.
과연 어떠한 길이 어떠한 사람들이 나를 기다리고 있을까.
끝도 없이 올라가는 고갯길을 지나 한 마을에 도착했다.
제법 큰 마을에서 허기를 달래기로 한다.
이슬람문화와 불교문화가 혼재되어 있는 카슈미르 지역.
과거부터 종교분쟁은 거의 없이 평화롭게 공존했던 곳이라는데
요즘에 와서는 종교부분의 마찰이 조금씩은 발생한다고 한다.
과연 종교는 무엇을, 누구를 위한 것일까.

높고 높은 고개 꼭대기에서 풍광을 감상하는데
그 고갯길에 할머니 세분이 마니차를 돌리면서 앉아 계신다.
어떻게 오신 걸까. 그리고 어떻게 갈려고 하는 걸까. 라는 걱정과 함께
반가움으로 다가선다.
내 행색이 스님과 비슷했나보다.

실제 티베트인과 나의 생김새는 상당히 비슷하다는 걸 인정하지 않을
수 없었다.
세 할머니의 손을 꼭 잡아주면서 나는 중얼거렸다.
'옴 마니 반메 훔'
건강하셨으면 좋겠다.

　예정에 없던 알치마을 방문을 하게 되었다.
탱화의 아름다움으로 유명한 알치 곰파를 볼 수 있음에 기분이 좋아졌
다.
곰파까지 길게 늘어선 기념품가게.
마수걸이를 부탁하는 현지인에게 팔찌를 하나 사기로 한다.
곰파에 늘어진 살구나무와 무수히 열린 열매 그리고 바닥에 떨어진 열

매까지. 살구나무 천지다. 음, 몰래 따서 먹는 맛이란…….

노승이 들어선다. 선하게 보인 눈빛에 언뜻 외할아버지의 모습이 떠올랐다.

스님과 손을 잡았는데 스님 손의 크기가 내 손의 두 배는 넘을 듯하다.

연륜과 고행을 느낄 수 있는 손의 감촉. 백수의 손과 어찌 감히 비교할 수 있겠는가.

 가는 도중에 점심을 먹기 위해 한 마을을 더 들렸다.

살구를 파는 남매에게 살구 한 봉지를 사고 점심을 해결하기로 한다.

식당에서 앞에 꼬마 녀석과 눈이 마주쳤다.

내 어릴적 모습과 비슷한 행색에 손를 들어 인사를 한다.

내가 사진을 찍으니 꼬마는 인상을 쓰기도 하고 혀를 쪽 내밀며 나를 약도 올린다.

까칠한 녀석. 그러나 내가 준 쭈꾸미 과자에 나름 만족한 표정이다.

 까르길에 도착하기 전에 마지막 도착한 곳은 바로 라마유르다.

여기도 여지없이 곰파는 존재한다.

그리고 마을을 지나 산꼭대기에는 타르초들이 바람에 날리고 있었다.

오색천에 경문을 적어서 높은 곳에서 걸어 두어 바람을 타고 세상 곳곳으로 퍼지게 하는 깃발 파르초.

그곳이 빤히 보이는 데도 역시나 길치인 나에게는 쉽지 않을 길이었다.

현지인에게 물어물어 도착한 정상에는 우리 일행과 프랑스 연인이 자리 잡고 있었다.

하늘에 펄럭이는 깃발에서 무한한 자유와 무한한 에너지를 얻었다.

내려오는 길에 동양인 여자 한 분이 보인다.

혹시나 하고 '안녕하세요' 말을 거니 알아듣는다.

외국인 가이드를 하는 중이라고 한다.

산꼭대기를 내려와서 짜이 한 잔으로 갈증과 피로를 걸어낸다.

세상에서 가장 아름다운 것은 풍광이 아닌 바로 사람이다.

그리고 여행에서 가장 기억에 남는 것 또한 마주치는 사람들의 눈빛이다.

같은 사람으로서 느끼는 따뜻한 눈길과 정으로 난 다시 용기내서 여행을 떠나는지도 모른다.

말은 통하지는 않지만 마음으로 전해오는 따뜻함과 공감들.

나도 과연 그들에게 그런 눈길을, 마음을 전해주는 사람이었을까.

까르길에 도착했다.

스리나가르로 가는 길에 느끼는 변화들이란 바로 사람들의 모습들이 점점 변하고 있다는 것이다.

동양적인 외모에서 점점 페르시아 계열의 얼굴로 바뀌고 있고 티베트 불교문화에서 이슬람 문화로 점점 변해가고 있었다.

까르길에서는 불교사원이 아닌 이슬람 모스크들이 자리 잡고 있었다.

같은 일행 중에 즉석 사진기를 가지고 온 여행자가 있어 모여 있던 사람들을 찍어서 그들에게 건네준다.

사진을 보고 있는 어르신부터 아이까지.

낯선 사람을 경계하던 모습은 이 사진으로 한 장으로 인하여 일순간 무너지고 말았다.

까르길은 치안이 좋지 않다고 해서 밤늦게는 나가지 말라는 주의를 받았다. 느낌은 경제가 좋지 않아 노는 사람이 많다는 것. 나 같은 백수가 많다는 것이다.

뭐 유유상종이니… 친하게 지낼 수 있을 것도 같은데.

저녁을 먹으러 나갔다. 일단 이곳은 관광객들이 머무는 곳이 아닌 잠시 스치고 가는 곳으로 모든 식당은 현지식으로만 가능했다.

어슬렁어슬렁 거리를 거닐고 있는데 두 꼬마 녀석이 계속 따라온다.

일단 나도 모르게 경계태세가 되었다.

참 나란 사람도 어쩔 수 없는 놈인가 보다.

물론 결론은 돈을 달라는 것이었지만. 냉정하게 거절하면서 과연 잘한 일일까, 아닐까 갈등하게 된다.

일단 내일 새벽에 출발하는 관계로 아침을 간단히 준비하기로 했다.

시장에 가서 토마토와 오이를 사기로 하고 시장을 찾아 다녔다.

동네는 크지 않은 듯, 가다가 한국의 흔적을 발견한다.

바로 남자의 윗옷이 새마을운동이라는 한글이 적힌 조끼인 것이다. 저 남자는 이 옷의 의미를 알고 있는 걸까.

러시아에서 본 한글로 시내버스 코스가 적혀 있는 버스들,

그리고 아프리카에서 본 한글로 쓰여진 유치원 가방을 들고 다니는 학생들.
우리나라의 흔적은 삼성과 엘지 외에도 아주 소소한 곳에서 발견되었고 난 이런 발견에 소소한 기쁨을 느끼곤 했다.
나는 참 괜찮은 나라에 살고 있다는 생각이 든다.

　토마토와 오이를 사고 이젠 저녁을 먹으로 식당을 찾아야 할 때.
어차피 혼자 대충 먹어야 하는데 아무데나 들어가지, 하면서 간 이층의 조그만 식당에는 역시나 손님은 나 혼자뿐이었다.
식당은 남자 둘이서 운영하고 있었는데 손짓 발짓으로 달커리와 난(빵) 두 개를 주문했다.

한참 만들고 있는 사이 인도스럽게 정전이 되었다.

아주 컴컴한 주방에서 요리를 만드는 남자.

잘 만들고 있는 게 맞겠지 하며 기다리는데 음식이 나왔다.

물론 전기는 들어오지 않았고 어두컴컴한 분위기에 촛불 하나에 의지해서 혼자 먹는 기분이란. 낭만과 거리가 먼… 처량함이었다.

시장이 반찬이라고 그런대로 먹을 만하다.

단 양이 너무 많아서 다 먹지를 못했을 뿐이다.

　저녁을 해결하고 숙소로 가기 전에 반대쪽으로 한 번 가보기로 했다. 단 어두워지기 전에 돌아오리라는 결심을 하고, 밤에는 위험하다는 주의를 되새기면서 천천히 움직인다. 왜냐하면 난 모범 여행자이니까.

그러나 사람들이 너무 호의적이어서 혹시 이것 또한 나의 편견이 아닐까라는 생각이 들었다.

모든 일에는 도가 넘치면 안 되는 법이다.

호의를 보이고 까르길에 좋은 인상이 남았을 때가 가장 좋은 것이라 생각하고 늦지 않게 숙소로 들어왔다.

아주 잠깐 스쳐가는 곳이었지만 좀 더 머물러도 되겠다는 생각이 드는 건 나의 오만함인지, 아니면 더 알고 싶다는 호기심인지는 잘 모르겠다.

그냥 사람들이 좋은 걸 어떡해, 라는 인류애일 수도 있겠다.

까르길은 우리들이 타인에 의해 만들어 놓은 관념이나 편견을 너무 믿으려는 것은 아닌지 생각해 보는 그런 곳이었다.

그런 밤이었다.

스리나가르 가는 길.

까르길에서 잠깐 하룻밤을 보내고 새벽 일찍 스리나가르로 향하는 길은 새벽부터 추적추적 비가 내리기 시작한다.
시작부터 범상치 않은 출발이다.
죽음의 고갯길이라 불리는 조지라(Joji-La)길을 통해서만 갈 수 있는 스리나가르.

새벽부터 출발해서인지 아침 정도에 한 마을에 들러서 아침을 먹기로 한다.
잘생긴 청년들을 만나 이야기를 해 본다. 그들은 라다크 레로 가야 한다고 하고 나는 그 반대 방향으로 가야 한다.
다른 길을 가기 위해서 우리는 여기서 이렇게 만났다.
서로의 안녕을 바라며 잠시의 인연을 끝맺는다.

조지라 고갯길로 접어들기 위해서는 퍼밋을 받아야 한다.
잠시 차에서 내리는데 웬 분위기 있는 노인이 멋지게 앉아 있다.

나름 멋진 포즈를 취하면서 우리 일행에게 하는 말. '담배 좀 도' …
멋지다는 생각은 이 한마디로 산산조각 나고 말았다.

 드디어 공포의 길로 나아간다.
이 길이 죽음의 고갯길로 불리는 이유는, 일단 이 고갯길을 넘다가 사
람들이 많이 죽어서이겠지만 비포장도로에 곳곳이 외길이라 그 좁고
도 좁은 길을 차들이 요령 있게 피해서 가야 하기 때문이기도 하다.
하필 비가 와서 더욱 더 길은 엉망이었고, 다행인지 아닌지 헷갈리지만
이쪽 지방은 분쟁지역으로 군인들이 나와서 차를 정리해 주고 있었다.
카슈미르 지역은 원래 파키스탄 영토였으나 인도와의 전쟁에서 패해
현재는 인도가 지배하고 있다.
문제는 종교에 있었다.
대부분의 사람들은 이슬람교를 믿고, 이슬람 국가인 파키스탄으로 다
시 돌아가기를 원한다. 그리고 지금도 많은 테러가 발생하는 지역으로
여행이 금지된 경우도 있다.
같이 간 일행 중에 한명이 낭떠러지 창가 쪽에 있었는데 고소공포증을
느낀다고 해서 자리를 바꾸었다. 길 사이사이에 거의 공간이 없이 깊
게 파인 홈들이 있어 공포를 느끼기에 충분했다.
나야 사이비 운명론자인지라. 여기서 죽을 사람이라면 한국에서도 죽
을 운명이라 믿기에.
내 운명을 그냥 믿어 보기로 한다.

 일단 고갯길은 무사히 통과해서 소나마르그에 도착했다.
알프스만큼 아름다운 곳으로 말을 타고 트래킹을 할 수 있는 시간적
여유는 있었지만 비가 조금씩 뿌리는 날씨와 잔뜩 흐림으로 점심만 먹

기로 한다.

확인되지 않은 이야기지만 사람들은 성경에서 나오는 에덴동산이 이곳이라는 이야기가 전해지고도 있다.

과거 이곳에는 유대인이 많이 살았다고 하니 전혀 근거없는 설은 아닌 것 같다.

나는 마을만 보아서 도저히 확인할 방법은 없었다.

여기는 불교의 문화에서 완전히 벗어난 이슬람문화의 마을이다.

우린 이슬람이라는 종교를 극단적이고 폭력적이라는 잠재의식을 가지고 있다. 아마 지구촌에 일어난 테러의 중심에 무슬림이 있기 때문일 것이다.

그리고 세계역사는 이슬람이 아닌 카톨릭 중심으로 전개되었기 때문일 지도 모르겠다.

테러는 어떠한 경우에도 정당화될 수는 없다.

단 강자들이 하는 모든 행동에는 테러라는 표현이 사용되지 않는다.

미국의 한 종교학자가 실험을 했다고 한다.

구약성서와 신약성서와 코란 중에서 폭력과 부정적인 단어가 과연 가장 많이 쓰인 경전이 무엇인지 확인한 결과, 놀랍게도 구약성서가 단연 돋보이게 앞서고 두 번째가 신약성서, 코란은 가장 적게 쓰여 있었다고 한다.

우린 우리의 편견에 스스로 갇혀 있는 게 아닌지 돌아봐야 하지 않을까.

　식당에서 보이는 옷가게의 주인은 담배를 피우면서 무슨 생각을 하고 있는 것일까. 사는 것이 힘들다고, 또는 오늘이 아니면 내일 팔면 되지 무슨 걱정이냐며 담배 연기와 함께 걱정을 날리고 있었던 것일까.
두 자매는 수줍게 있더니 오빠를 보고 왜 활짝 웃고 모습을 보여준다.
양떼를 모는 목동은 무엇이 그리 좋은지 여유 있는 웃음을 지으며 우리에게 인사를 한다.
낯선 나라, 낯선 마을에서 우리가 잘 산다고 하는 것들이 우리가 흔히 말하는 가진 것과 비례하지만은 않는다는 생각이 갑자기 들었다.
식당에 모여 식사 중에 초라한 행색의 남매가 들어온다. 그리고 우리를 향해서 돈을 달라고 구걸하는 순간. 우리는 외면해야 할지
아니면 돈을 주어야 할지 결정하지 못하고 있는데 일행 중 한 사람이 불러다 놓고 돈이 아닌 따뜻한 밥을 사 주신다. 참 좋다. 이런 생각을 하지 못한 나를 대신해서 이런 행동을 할 수 있는 사람이 곁에 있다는 것이.

스리나가르에 드디어 입성하려는 찰나, 경찰관이 우리 차를 세운다. 인도의 교통체제를 모르는 나는 우리 차가 교통법규를 위반했나. 라고 생각했다.

운전사가 저기 구석에 있는 자가용에 타더니 터벅터벅 걸어온다.

무슨 일이냐고 물었더니, 저 자가용에 경찰 간부가 있는데 돈을 상납하라고 해서 주고 왔다는 것이다. 이런 빌어먹을… 어디서나 썩은 물은 있구나. 거기나 여기나 썩은 물들은 깔끔하게 치워 버려야 하는 건데.

아, 힘없는 것들이라.

달 호수에 있는 게스트 하우스를 가기 위해 선착장에서 기다리는데, 드디어 우리 하우스에서 나온 수염이 멋진 사공이 노를 저으면서 오고 있다.

스리나가르의 첫 인상은 좋지 않았으나, 사공의 카리스마가 일정 부분 이러한 인상을 옅어지게 만든다.

스리나가르에서 전설을 만나다.

　잠무 카슈미르주의 여름 주도인 스리나가르는 1,600미터 높이에 형성되어 있는 도시로 커다란 달 호수가 인상적이다.
우리는 달 호수 위에 떠 있는 하우스보트에서 생활을 해야 한다.
겨울의 주도는 이곳이 추워져서 교통이 불편하여 주도가 잠무로 바뀐다고 한다.
8월이어서 그런지 춥다는 것이 전혀 상상되지 않았다.

이곳의 교통수단은 바로 보트다.
각 하우스보트에 3~4개의 전용 보트가 있어 육지로 나갈 때나 관광을 할 때는 사공과 흥정 후 나갈 수 있다고 한다.
나는 이곳에서 '그냥 아무것도 안 하고 싶다'를 실천하기로 했다.
책을 읽다가 심심하면 낮잠을 자고 또 사진을 찍고.
그리고 맥주를 마시고…
한국에서나 여기서나 습관화 된 백수의 생활을 즐기고 있다.

  우리가 머무는 하우스보트의 사장은 스리나가르 달 호수에 하우스보
트를 두 개나 가지고 있는 나름 부자로, 다음 방문 때 이곳을 선택하면
숙박비 할인을 해 주시겠다고 약속하신다.
부자라는 자부심과 여유가 철철 넘쳤다. 지금 할인해 주면 안 되겠니.
내가 과연 또 여기를 방문할 수는 있을까.
우리 하우스보트에 속해 있는 3명의 전용보트 운전사들이 있었다.
한 명은 본인이 카슈미르 출신이라는데 자부심이 대단했고
한 명은 사장을 대신해서 이곳을 관리하고 있었다.
한 명은 이십대 중반 젊은 애로 말이 좀 많았다.
좀 잘 생겼으니 이해해 주마.

  이곳은 관광객을 위한 하우스보트 외에 실제 거주하는 사람들도 있

었다.

친척관계인 세 자매를 발견하고 사진을 찍으려 하니 고개를 돌려 보여주지 않는다.

나에게 어디서 왔는지 호기심을 보인다. 한국인이라는 말에 강남스타일 노래와 춤을 보여주면 사진 찍는 것을 허락하겠단다.

솔직히 춤에 자신이 없어서 사진은 즉시 포기한다.

그렇게 도도하던 세 자매,

우리 일행이 가지고 온 폴라로이드 즉석사진 한 장에 무장해제 되고야만다. 이 서운함과 배신감이란.

그러나 어쩔 수 없는 일이다. 산다는 것이 댓가 없이 공짜로 얻기는 어렵다는 걸 여기서 다시 깨닫는다. 그런데 그 세 자매, 다른 가족까지 데리고 와서 즉석사진을 찍어 달랜다.

앞으로 여행할 때 나도 폴라로이드 사진기를 사서 가져가야 하는 거 아닌지… 갑자기 고민이 되기 시작한다.

여유 있고 평화로운 스리나가르의 하루는 서서히 지나가고 있다.

내일 새벽에 야채시장 가는 것을 전용 운전사에게 예약하는 것으로 하루 일과를 마친다.

　새벽에 호수 위에서 야채시장이 열린다고 해서 구경 가기로 했다.

가는 시간이 40분정도로 새벽의 신선한 바람과 고즈넉한 호수의 풍광에 그냥 좋다는 느낌이 들었다.

사공의 노 젓는 소리와 아주 천천히 미끄러지듯 가는 느림의 여유를 느낄 때쯤 시장에 도착했다.

시장이라기에 엄청 큰 줄 알았는데 아주 작은 공간에서 화폐보다는 각자 재배한 과일과 야채를 가져와 물물교환하는 것이 대부분이었다.

돈이 수반되지 않는 거래.

나름 괜찮은 거래 아닌가.

시장 주위에 조그마한 마을이 있어 기웃기웃.

인도식 빵인 난 한 개가 겨우 우리 돈으로 50원이었다.

몇 개 사서 일행들과 나누어 먹고 하우스보트에 다시 돌아와서 못다 잔 잠을 자기로 한다.

시간의 법칙에 따라 창문 사이로 파고드는 강렬한 햇빛에 저절로 눈이 떠졌다.

 '난 아무 것도 안 하고 싶다'고 했으니 그냥 멍 때리는 연습을 하고 있는데 일행 중 한 사람이 시내에 예수의 무덤이 있다고 꼬신다.

엥? 무슨 이야기?

'예수는 십자가에 매달린 후 부활해서 하느님에게 돌아갔다' 가 내가 알고 있는 이야기의 전부인데 그 후의 이야기가 있다는 건가. 나도 인간은 인간인지라 호기심에 그곳으로 향했다.

지금부터의 이야기는 내 주장과 의견이 아닌 듣고 읽은 이야기다.

우리들이 알고 있는 예수의 생애는 30세에서 33세까지의 3년이 유일하다. 그럼 그 전의 삶은 어디에 있었을까.

예수는 29세까지 인도에서 생활하였으며 인도에서도 카스트 제도의 계급사회를 비판하여 기득권층에게는 위험인물이었다고 한다.

종교를 믿지 않는 사람들이 예수를 혁명가로 평가하는 이유는 평등을 주장하였으며 기득권에 대해서 저항했기 때문일 것이다.

예수가 왜 하느님의 아들로 인식되었는지는 정확한 이유가 밝혀지지 않았지만, 새로운 가르침과 로마 제국으로부터 해방을 원하는 사람들의 열망과 더불어 하느님의 존재를 믿는 종교적 신념이 혼합되어 사람의 아들이었던 예수는 신의 아들로 재탄생하게 된다.

예수는 십자가형에서 어떻게 부활했는가.

결론은 그는 죽지 않았다는 것이다.

그리고 그는 카슈미르 지역에서 생을 마감했다고 한다.

그의 카슈미르 이름은 '유즈 아사프'로 묘지명에 적혀 있었고 주위에 세워진 건물은 라우자 발(Rauza Bal)의 준말인 로자발(Rozabal)이라 하는데, '라우자'는 예언자의 무덤이라는 뜻이라 한다.

묘석 근처에서 돌에 새겨진 발자국을 발견했는데 십자가에 생긴 흉터를 부조로 조각했다는 것이다.

여기까지가 스리나가르에 있는 예수의 무덤에 대한 전설이다.

　기독교인이나 카톨릭인에게 예수는 하느님의 아들이요.

무슬림에게 예수는 하느님의 선지자 중 한 분이요.

학자에게는 그는 대단한 혁명가이자 지식인이자 연설가였다.

그러나 그는 '사람을 사랑했다'

이것 하나만은 진실임에 틀림없다.

무슬림의 도시 스리나가르.

 역시 이곳은 무슬림의 도시였다.

인도는 영국의 식민지에서 독립하면서 간디의 바람과 달리 종교로 인
하여 국경이 분할되게 된다.

인도와 파키스탄으로 나누어지면서 종교에 따라 인구의 대이동이 시
작된다.

그리고 파키스탄은 다시 방글라데시로 쪼개지고 만다.

누군가 말한 것을 기억한다. 세상에서 꼭 필요하지만 없어져야 할 것
이 3가지가 있다고 했다.

바로 국가, 종교, 정치.

이 세 가지 존재가 항상 전쟁과 분쟁을 일으키는 원인이 되고 있다고.

누구를 위한 국가이고 종교이고 정치인지는 생각해 볼만 한 것 같다.

시내에 돌아다니다가 주전부리로 빵을 사 먹었다.

우리나라 빈대떡 크기보다 더 큰 빵이 겨우 100원.

물론 기름범벅으로 먹기는 쉽지 않았지만 시장이 반찬이라고 하지 않
던가.

모스크 안으로 들어가 보기로 한다.

많은 무슬림들이 기도를 하고 있었고 주기도실에는 남자만 들어갈 수
있다고 한다.

남자와 여자의 차별이 있는 종교. 이슬람교는 아직도 갇혀 있다. 이 차
별을 뛰어넘을 때 진정한 종교로 재탄생하지 않을까.

무슬림 여성들의 히잡은 종교적 신념이다.
동시에 차별성의 상징은 아닐까. 라는 생각을 해 본다.

모스크는 경건하고 엄숙한 장소로만 생각했다.
그런데 무슬림들이 따가운 햇볕을 피해 낮잠을 자고 있었다.
우리는 생경한 것에 대한 선입견에 살고 있는 경우가 많다.
나는 누울 수 있는 용기는 없었고 사원 앞 계단에 앉아 망중한을 그저
즐길 뿐이었다.

 뜨겁고 뜨거운 기온과 태양을 피해 앉아 있는데,
다른 무슬림들도 더위를 피해 잔디 그늘에 앉아서 쉬고 있거나 분수대
에서 손과 발을 씻으면서 더위를 식히고 있다.
물론 사원 내에서 기도를 하기 위해서 씻는 경우도 있었지만.
이곳 모스크는 기도를 하는 곳일 뿐만 아니라 그들에게는 휴식공간이
자 소풍 장소였다.
나는 잔디밭에 앉아 쉬고 있는 모녀의 모습을 카메라에 담는다.
함부로 여자에게 말을 걸어서는 안 되고 사진도 찍어서는 안 된다는
주의를 받은 것을 잊어버린 채.
그 모녀 중 딸이 다가온 순간 난 극도의 긴장감에 휩싸인다.
그녀가 나에게 건네는 한마디, "How are you"
그리고 내가 그녀에게 했던 답은 겨우 "I'm fine thank you, and you"
였다.
아, 나에게 대한민국 영어교육이란… 이런 젠장.

다람살라 가는 길.

 다람살라 가는 길에는 새벽부터 비가 내리기 시작한다.
그리고 우린 또 머나먼 길을 떠날 준비를 한다.
적게는 10시간, 많게는 기약할 수 없는 고난의 길(?)을 예감하듯이 내리는 비는 쉽게 그치지 않는다.
가기 전부터 실랑이가 벌어졌다.
다람살라까지 가는 길에 인도인 학생을 같이 태워서 가겠다는 것이다.
자리가 남는 것도 아닌데 같이 가겠다니 인도스럽다라는 말밖에.
마음으로는 안 되어보였지만 10시간 넘는 시간을 비좁은 상태로 갈 수 없다는 본능과 현실이 앞서는 것은 어쩔 수 없었다.

아침식사를 하기 위해 조그마한 마을로 접어든다.
국경분쟁지역이라 그런지 군인들은 총을 들고 다니는 모습이 수시로 보이고 남자들이 옷감을 어깨에 들쳐 메고 팔러 다닌다.
짐이 늘어남이 부담이여서 나는 외면하지만 역시나 마음만은 편치 않았다.

  다람살라는 티베트의 인도망명정부가 있는 곳이다.

중국의 티베트 점령으로 그들은 나라를 잃었지만 독립에 대한 희망을 버리지 않은 채 살고 있다. 그러나 그 독립의 길은 점점 멀어지고 있는 듯 보여 안타까운 마음이 든다.

우리나라도 겨우 75년 전에는 나라 없는 설움으로 살지 않았나.

티베트의 지도자 달라이 라마가 거주하는 곳.

그러나 그는 일 년 중 70%이상을 해외에 출장(?)을 다니면서 강연과 평화적인 독립운동을 하고 있다. 그리고 그 수익으로 망명을 온 국민들과 함께 망명정부를 꾸려가고 있었다.

그런 그가 가지 못하는 겨우 몇 개의 나라 중에 대한민국이 포함된다니 참 아이러니하다. 36년간 나라 잃은 슬픔과 아픔을 가졌던 나라가 나라 잃은 나라의 지도자의 입국을 가로막고 있는 것이다.

하물며 입국이 아닌 경유도 불허하는 나라. 바로 대한민국이다.

국제정세는 완벽한 힘의 원리로 돌아간다. 중국이라는 초강대국에 대한민국은 정치적으로나 경제적으로나 자유로울 수 없다.

이러한 사실이 나를 우울하게 만든다.

 달라이 라마에게 누군가 이렇게 묻는다.
어떻게 적국에게 자비를 베풀 수 있는 것입니까.
달라이 라마는 누군가에게 이렇게 대답한다.
그럼 적국이 아닌 누군가에게 자비를 베풀 수 있다는 말입니까? 라고.

 잠깐 쉬는 시간에 마주친 노인의 얼굴에서 삶을 본다.
깊게 패인 주름과 경험을 내비치는 눈빛, 그리고 그 동안의 삶을 보여
주는 인상까지.
물론 내가 오래 산다는 보장은 없지만 늙음을 맞이할 수 있다면
잘 늙어야겠다는, 잘 늙고 싶다는 생각이 드는 요즘이다.

 다람살라에는 무려 16시간이라는 시간이 흐른 뒤에 도착했다.

완전 비몽사몽, 기진맥진한 상태.

중간 중간에 비로 인한 산길의 유실로 1킬로미터의 길을 1시간 만에 통과하기도 하고 분쟁지역에서 테러가 발생했다는 소식을 TV 뉴스로 알게도 되었다.

그러나 나에게 가장 허망한 일은 비몽사몽의 결과로 스마트폰에 저장된 무수히 많은 사진들을 몽땅 지워버렸다는 것이다.

그 많은 아름다운 풍경 사진, 현지인들과 찍었던 사진들이 한 순간의 실수로 날아가 버렸다.

속은 쓰리고 또 아파오지만 어찌 하겠는가.

이미 지나가버린 일인 걸. 그리고 후회한들 바뀌지 않은 일이라는 건 분명한 일이었다.

잊기 위해, 아니 너무나 피곤함으로 인해 숙소에 도착하자마자 그대로 곯아떨어지고 말았다.

꿈에서도 악몽을 만났다.

다람살라 그리고 티벳탄.

인도 안의 작은 티베트인 다람살라에서 아침을 맞는다.
산속 깊은 곳에 자리잡고 있어서인지 맑은 하늘을 좀처럼 보여주지 않는다.
아침부터 시야를 가리는 짙은 안개와 조금씩 뿌리는 보슬비에 우산을 써야 할지 말아야 할지 망설이다가 그냥 내려가기로 한다.
다람살라 아래쪽 마을은 주로 인도의 현지인들이 거주하고 해발 1,700 미터가 넘는 위쪽 마을인 맥그로드 간지에 달라이 라마를 포함한 티베트인(티벳탄)들이 생활을 하고 있다.
머리를 묶고 다니는 티베트 남자의 외모에서 나를 발견하곤 한다.
티베트인의 의상을 내가 입고 다닌다면 난 즉시 티벳탄으로 변신이 가능할 외모이다. 진정 나의 현지화의 끝은 과연 어디까지란 말인가.

우선 배고픔을 해결하기 위하여 식당을 찾아가는 중에 길가에서 묵국수를 파는 노점상에 시선이 꽂힌다.
외관상으로는 전혀 위생적이지 않은 환경과 비주얼의 음식이었지만 그 맛에 대한 호기심은 이 모든 것들을 이겨내기에 충분했다.

특유의 양념에서 나오는 매콤하면서도 약간 짭짜름한 듯한 오묘한 맛.

이 국수 한 그릇의 가격은 겨우 200원이었다.

한 끼의 식사로 충분한 맛과 양, 그리고 착한 가격. 만족스럽다.

배도 든든히 채웠겠다, 이제 슬슬 동네 마실 나갈 시간이다.

달라이 라마가 이곳에 머무를 때 기거하는 남걜 사원을 향하여 씩씩한 걸음으로 도착한 그곳은 온통 붉은 가사를 입은 스님들의 설법으로 야단법석이다.

야단법석이란 10여명이 넘는 스님들이 한 그룹이 되어 서로 법문에 대해서 의견을 말하고 동조하고 또 반대의 법문을 말하면서 성찰해 가는 하나의 수련방법이라고 한다.

사방팔방에서 설법하는 소리와 그 그룹에 끼어있는 낯선 외국스님들까지. 아주 생경한 모습이었다.

그리고 그 앞에 달라이 라마가 거주한다는 곳이 있었는데, 달랑 철창문 하나만 닫혀 있었고 망명정부라 하지만 수장이 살고 있는 곳이라고는 믿기지 않을 정도로 소박하고 초라한 건물이었다.

2층으로 올라가자 티베트인들이 오체투지로 기도하는 모습이 보였다.

머리, 가슴, 팔, 다리, 배. 5가지 신체가 땅에 닿게 기도하는 티벳탄들.

붓다에 대한 그들의 존경심이 그대로 전해왔다.

과연 그들이 이렇게 간절히 원하는 것들은 무엇일까.

티베트인들의 가장 큰 소원이 티베트의 수도였던 라싸에 있는 조킹 사원까지 순례길을 떠나는 것이라 하니, 그들에게 종교는 삶 그 이상인지도 모르겠다.

　티베트 박물관이 바로 옆에 있어 들르기로 한다.

티베트의 역사에 대해서 소박하게 꾸며 놓았다.

나라를 잃은 슬픔을 안고 사는 사람들.

일제강점기 때의 우리나라 상황이 오버랩되었다.

큰돈은 아니지만 기부함에 돈을 넣고 나오는데 정문 앞에 사람들이 모
여 있어서 기웃거리니 한 아주머니가 티베트 만두인 모모를 팔고 계신
다. 사람들이 많다는 건 이 음식이 분명 맛있다는 방증이다.

맛있는 음식을 먹기 위해서는 당연히 인내해야 하는 법이다.

역시나 너무나 맛있었고 가격 또한 너무나 착했다.

무관심으로 그냥 지나쳤던 정문 앞에 누군가의 사진이 걸려 있다.

바로 11대 판첸 라마의 사진으로 6살 때(1995년) 중국에 납치되어 아직까지 생사를 알 수 없다고 한다.

판첸 라마는 다음 달라이 라마 환생을 확인하는 사람으로 아미타불의 화신이라고 한다.

달라이 라마는 관세음보살의 화신이라고 한다.

납치를 부정하던 중국정부는 2015년 11대 판체 라마가 평범하게 살고 있다고 발표하였다. 물론 발표는 있었지만 실제 모습은 공개하지 않았다.

중국이라는 나라는 좋아할래야 좋아할 수 없는 도통 정이 가지 않는 나라이다. 자칭 대국이라고 우기지만 하는 짓들은 소국이다.

대인의 법도를 강조하지만 소인배 같은 배포를 가지고 있다.

 달라이 라마는 이렇게 말한다.

'용서는 값싼 것이 아니다.

그리고 화해도 쉬운 것이 아니다.

하지만 용서한다.

우리는 누군가에게 문을 열 수 있다.

그 문을 열기 위해서는 무조건 용서해야 한다.

가장 큰 수행은 용서다.' 라고.

 용서한다는 건 참 어려운 일이다.

마음이 크고 삶을 통찰할 수 있는 사람만이 용서를 할 수 있는 것일까?

그러나 더 어려운 건 진실로 용서를 비는 것이다.

용서를 받을 수 있을지 아님 받지 못할지 모르는 상황에서

용서를 비는 것은 진정한 용기가 필요하다.

아프리카를 가.

탄자니아 가 go
케냐 가 go
잠비아 가 go
짐바브웨 가 go
나미비아 가 go
보츠와나 가 go
모로코 가 da.

아프니까 청춘이다.
아니
아프리카 중년이다.
중년에는 아프리카에 꼭 가 봐야 한다.

살아있는 땅에서 살아있는 동물을 보면서
내가 살아야 하는 이유를 생각해 보아야 한다.

잔지바르의 찬란한 슬픔.

　탄자니아의 공화국인 잔지바르는 아프리카에 대한 내 관념을 완전히
깨뜨린 곳이다.
하늘과 맞닿은 하늘색의 바다에 반했다.
길게 뻗은 해안의 모래 길을 걷노라면 아주 멋진 휴양지에 온 듯한 생
각이 저절로 들었다.
아프리카에 대한 내 편견이 문제였음을 순순히 인정하기로 한다.
하지만 문제는 깜깜한 밤에 발생한다.
텐트 안에서 모기장 속으로 스텔스 모기 한 마리가 침공해서 무지막지
한 폭격을 나에게 가했다.

얼굴을 포함한 피부가 보이는 모든 곳에 빨간 흔적이 뒤덮는다.
빨간 머리 앤이 아닌
빨간 피부 대니가 되어 버렸다.

잔지바르는 도시가 잘 보존되어 있다.
영국함대가 침공했을 때 싸워보지도 않고 곧 바로 항복한 결과이다.
항복의 결과는 처음에는 달콤할지 모르지만 미래의 세대에게는 분명
불행으로 돌아올 것이라 생각된다.
역사는 반복된다.
체코의 프라하도 독일군에게 항복한 대가로 아름다운 도시가 그대로
보존되어 지금까지 수많은 관광객들을 모으고 있다.
폴란드는 이와 반대로 독일에게 지속적인 저항과 항거로 모든 도시는
초토화되어 버렸다.
우리나라도 일제에 결코 항복하지 않고 끈질기게 저항한 결과 전통 건
축물들이 수없이 사라지게 되었다.
그러나 난 확신한다.
문화유산은 사라졌지만 문화정신은 더 강력하게 살아있다고.
건물은 다시 지으면 되지만 정신은 불가능함을 난 알고 있다.
이런 불행한 일이 다시 생기기를 원하지는 않지만 향후 또 다른 나라
에게 침공당했을 때 저항정신의 DNA는 분명 되살아날 것이다.
이 저항정신의 DNA는 잔지바르인이나 체코인보다는 폴란드인과 한
국인들의 피에 훨씬 더 선명하게 흐르고 있을 것이라고 생각한다.

잔지바르는 향신료로도 유명하며, 영국의 전설적 락 그룹 퀸의 리더
인 프레디 머큐리의 고향이기도 하다.

그에게는 인도인의 피가 흐르고 있었고, 이곳은 지금도 인도계 사람들이 많이 살아가고 있었다.
최근엔 머큐리의 생애를 그린 영화 '보헤미안 랩소디' 가 폭발적인 인기를 얻었다.

석양이 질 무렵 이곳 아이들이 해안가 콘크리트 둑 위에서 바다를 향해 멋지고 다이나믹한 다이빙을 하고 있었다. 그 앞에서는 밤마다 열리는 야시장이 자라잡고 있었다. 1달러 주고 산 맥주와 함께 푸짐한 해산물 한 접시의 식사로 허기와 피로함은 사라진다.

다음 날은 동네탐방을 하기로 한다.
'걸어서 세계 속으로'가 아닌 '걸어서 동네 속으로' 향한다.
잔지바르 시내에 나가보니 아프리카 그림을 전시한 곳이 있어서 일단 들어간다. 원색적이고 화려한 색감으로 표현된 아프리카인의 모습과 동물들의 그림들에게 강렬한 인상을 받았다.

2층에는 학교가 있었는데, 악기를 배우는 중으로 실력은 초급이지만 배우는 자세는 사뭇 진지함이 느껴졌다.

잔지바르의 골목골목도 미로처럼 얽혀 있어서 골목탐방도 나름 흥미 있었다. 그리고 그 골목에서 만난 여학생의 가방에서 반갑고 익숙한 단어를 발견한다.

한글이 쓰인 가방을 멘 채 가고 있었다.

이곳에는 또 가슴 아픈 과거의 흔적도 있었다.

바로 이곳이 노예거래를 하는 전초기지였던 곳이다.

이 좁은 방에 수갑을 채우고 팔려갈 때까지 가두어두었던 감옥이 있었 고 팔리기 전에 배고픔과 열악한 환경으로 수많은 사람들이 죽었다고 한다.

사람이 사람을 사고 파는 거래를 당연시 했던 그들은 과연 그들 생각 처럼 지성인이고 문명인이었을까?

그때는 사람을 팔고 지금은 자본을 팔면서 사는 사람들.

그들은 스스로 선진국이며 문화인이라 자부한다.

진정한 선진국이고 문화인은 부로 사람을 판단하는 것이 아닌 사람이 가장 소중한 존재임을 아는 나라가 아닐까.

그리고 사람을 진정 사랑하는 사람이 진정한 문화인이라고 나는 확신 한다.

그럼 우리나라는 어떤 나라이고
나는 또 어떤 사람인 걸까?

킬리만자로 표범을 만나러 가야겠다.
아프리카의 가장 높은 산인 킬리만자로에는 이 뜨거운 태양의 열기를
이겨내는 만년설이 지금도 남아있다.
물론 기후 온난화로 점점 눈이 녹아내리고 있는 중이다.
내가 인간이라는 종이라는 것이 가끔은 싫어진다.
지구의 모든 생태계의 공공의 적으로 등장한 호모 사피엔스.
무소불위의 힘으로 지구를 지배하고 있다.
그리고 파괴하고 있다.
나라도 사과해야겠다.
'미안해 지구의 생물들아, 정말 미안해'

  킬리만자로는 스와힐리어로 '빛나는 산' '하얀 산' 의 의미를 가지고
있다. 충분히 이해가 되었다.
현지 가이드와 함께 만다라 산장까지 미니 트래킹을 나서기 위해 입구
에 도착했다. 아프리카 여학생들이 소풍 왔다고 한다.

소녀들의 재잘거리는 소리는 세계 어디서나 같은가 보다.
쌍둥이 자매와 기념사진을 같이 찍는다.
활짝 웃는 얼굴이 너무 예쁘다.

  울창한 밀림 속을 걸으니 기분까지 상쾌해진다.
괴팍하고 시끄러운 울음소리의 원숭이에게 두 손 들어 인사를 한다.
드디어 산장에 도착했는데, 지금 같으면 칼리만자로 정상까지 충분히
가고도 남을 것 같은 기분이 들었다.
그러나 내 저질체력은 당연히 거부할 것이다.
피로함을 산장에 앉아 쉬는 중에 흥겨운 음악소리가 청각을 자극한다.
음악은 만국공통어이다.
나도 모르게 음악소리를 따라가니 노래와 함께 흥겨운 춤을 추고 있었
다.

아프리카에서 전통적으로 내려오는 노래.

'Jambo Jambo' 다.

안녕이라는 뜻으로 중간에 다 함께 부르는 후렴구에는 너무나 익숙한 가사가 들려온다.

'하쿠나마타타' 모든 것이 잘 될 거야.

이번 여행도 이번 삶도 다 될 거야, 스스로 주문을 걸어본다.

그리고 나도 모르게 그들의 무리 속으로 들어가 춤을 춘다.

무사히 숙소가 있는 모시로 돌아왔다.

킬리만자로를 보면서 카페에서 한 잔 마시는 건 아프리카에서 꼭 해보야 할 폼생폼사 중 하나이다.

커피 한 모금 흡입 후 킬리만자로를 바라본다.

어라…

야속한 구름이 완벽하게 산을 가려 버렸다.
어쩔 수 없이 내 비장의 무기를 사용하기로 한다.
저기 저 방향이 산의 위치이니 상상속의 킬리만자로를 바라보면서 우아하게 커피를 마신다.
커피는 참 맛있었고
상상 속의 킬리만자로는 참 멋있었다고 상상을 하면서.

본능적으로.

  케냐의 수도 나이로비에 도착했다.
이 도시 또한 활기찬 사람들이 사는 활기찬 곳으로 너무나 세련되고
예쁜 아프리카 사람들에게 나는 반해 버렸다.
콧날이 어떻게 나 보다 더 높을 수 있는거지.
내가 생각했던 아프리카인은 다 어디 있는거지.
사람의 선입견은 이렇게 무서운 것이다.
선입견을 깨뜨리는 일은 내 삶에서도 계속 진행되어야 한다.
도시의 밤은 반드시 즐겨주어야 한다.
세 남정네는 밤의 문화탐방을 위해 클럽으로 향했다.
신나는 음악과 시원한 맥주를 마시면서 나름 리듬을 타기 시작한 이
때 너무나 익숙한 노래가 들려온다.
싸이의 '강남 스타일' 이다.
아프리카에서 우리나라 노래를 듣게 되다니 괜히 어깨는 올라가고 우
리는 본능적으로 말춤을 추고 있었다.
'싸나이~' 떼창을 하면서.

탄자니아의 세링게티와 함께 사파리 투어의 한 축을 담당하고 있는 케냐 마사이마라 국립공원으로 향한다.

숙소는 큰 텐트로 만들어진 캠핑장이었다.

현지 관리인이 밤에는 사자가 여기까지 자주 내려온다는 말에 설마 하면서도 괜히 오싹해진다.

깜깜한 밤에 모닥불을 켜 놓고 맥주 한 병에 밤하늘의 별을 바라본다.

세상의 불빛이 꺼진 만큼 하늘의 별은 더 밝게 반짝이고 있었다.

아침 일찍 사파리 투어를 시작한다.

생각보다 가는 길이 멀고 중간에 다른 여행자의 차가 진흙에 빠져 있어 같이 힘도 쓰면서 도착한다.

본격적인 사파리 투어에 돌입한다.

눈앞에 직접 보이는 얼룩말에 환호하고 버팔로 떼에 흥분한다.

진짜 목이 길어 슬픈 짐승인 기린을 올려다본다.

그러나 역시 나의 시선을 단박에 사로잡는 건 바로바로 눈앞에 나타난 사자였다.

갈기를 바람에 휘날리며 도도하게 걷고 있는 밀림의 왕 사자의 위용에 홀딱 반해 버렸다.

정글에서 최상의 포식자이자 왕이라는 칭호를 얻고 있는 사자도 생존을 위해 사냥에 나서고 수많은 실패를 겪는다.

정글이나 인간의 삶이나 생존은 만만치 않은 일이다.

정글의 법칙을 약육강식이라고 하지만 그들은 필요할 만큼만 사냥을 한다. 우리 인간들처럼 끝이 없는 욕심을 내지는 않는다.

정글은 본능적이다.

본능은 날 것의 이미지로 다가온다.

위선과 가면이 아닌 솔직함이다.

본능 〈 이성이라는 공식으로 살아가는 사람들의 세상.

나는 이성과 도덕이라는 가면 속에 숨지는 않았는지 생각해 본다.

돌아오라 마사이족.

케냐의 마사이마라 초원을 가로질러 탄자니아로 넘어가는 길이다.
대초원하면 떠오르는 탄자니아의 세렝게티가 있다.
강과 국경을 사이로 그 반대편에 케냐의 마사이마라 초원이 있다.
건기 때는 셀 수 없는 수많은 누우 떼가 이 경계의 강을 건너는 모습은
아프리카 초원의 장면 중 나에게 가장 인상적으로 각인된 장면이다.
무사히 건너 갈려는 누우 떼와 잡아 먹기 위한 악어 떼의 사투가 벌어
지는 곳이다.
그러나 결론은 두 동물에게는 생존하기 위한 어쩔 수 없는 선택이라는
것이다.
동물의 세계는 그렇게 이어지고 있었다..
생존을 위해서.

짚 차를 타고 초원을 달리는 길.
내가 탔던 차는 딱 여행비용에 맞게 최적화된 차였다.
그 옆에 수퍼차이나의 수퍼리치인 듯한 아주 새파란 중국 젊은이가 아

프리카 여자 단 한 명만을 태운 채 럭셔리한 신형 짚 차를 타고 지나간다. 아, 부럽다. 나도 모르게 해선 안 될 말이 입 밖으로 새어나와 버렸다.

　나의 빈티지 짚차는 물웅덩이를 벗어나는 것조차 힘들어 한다.
초원에 사는 늙은 영양이 연상되는 차이다.
내가 생각해 봐도 적확한 표현이다.
그리고 이 늙은 차는 기어이 사고를 치고 만다.
갑자기 시동이 꺼져 버렸다.
이 넓고도 넓은 초원에서 어처구니없는 상황이 발생한 것이다.
최소한 2시간이상 기다려야만 다른 차의 도움을 받을 수 있다고 한다.
이 난관을 어떻게 헤쳐나가야 하나 모두들 고민만 하고 있는데 그 수퍼차이나의 수퍼리치 젊은 중국인이 선뜻 구원의 손길을 내민다.
같이 타는 것을 선뜻 허락한 것이다.
갑자기 그 중국인 청년이 멋지고 지적이고 의젓해 보인다. 앞서 해버렸던 해선 안 될 말은 즉시 취소하기로 한다.
상황에 따라 나는 이렇게 사람을 다르게 판단하기도 한다.

간사한 인간, 나에게 펙 어울리는 표현이다.

  탄자니아의 마사이족 마을을 방문하기로 한다.
아메리카의 인디언 보호구역처럼 마사이족도 대초원의 영토에서 쫓겨
나 정부가 지정한 구역에서만 살 수 있다고 한다.
그리고 이 지역도 점점 척박해지고 좁아지고 있다.
아프리카에서 가장 용맹한 마사이부족은 이제 추억 속으로만 존재하
게 될지 모른다.
아프리카 노예 중에는 마사이족을 볼 수 없다고 한다.
키가 크고 마른 체형으로 인하여 힘을 쓸 수 없을 것이라는 편견이 있
어서라는 설과, 워낙 호전적이고 다른 부족에게 복속되는 것이 치욕으
로 여겨서 복종하느니 죽음을 선택하기 때문에 노예로 만들 수 없었다
고 하는 설이 있다.

당연히 난 후자를 믿는다.

그러나 지금 마사이족은 사냥하는 부족이 아닌 목축하는 부족으로, 그리고 여행자들에게 관광과 기념품을 파는 부족으로 살아가고 있다.

마른 체형의 부족들과 달리 살집이 통통하게 오른 한 청년이 영어로 설명을 하면서 안내한다.

마사이족의 집안 구경을 시작으로 집들 가운데 위치한 가축을 가두는 울타리도 보고, 그리고 마사이족의 폴짝 폴짝 뛰는 민속춤 공연을 함께 하였다.

이 민속춤은 초원에서 사냥감을 발견 하려고 뛰는데서 유래했다고 하는데 그 뛰는 높이가 가히 '에어 조던' 에 버금가는 '에어 마사이'였다.

강렬한 빨간체크 망토를 두른 마사이족은 옛날 성인식으로 사자사냥을 했다고 한다. 단 한 자루의 창으로 사자를 잡으려면 단 한 번의 기회만 가능했고 사냥의 실패는 곧 죽음이었다.

현재 사자 사냥은 국가적으로 금하고 있지만 사자가 마사이족의 가축을 공격하였을 때는 마사이족에게만은 공격에 대한 보복으로 사자사냥을 용인한다고 한다.

물론 요즘은 창이 아닌 총으로 하겠지만.

마사이족은 일부다처제라고 했다.

능력 있는 남자라면 몇 명이라도 부인을 얻을 수 있다.

부인을 얻는 대가로 지참금을 주어야 하는데 최소한 소를 10마리 이상 주어야 한다고 한다.

실제로는 돈이 없어서 일부다처제가 불가능하고 한 명의 신부도 구하기 힘들다고 한다. 내가 방문한 이 부족은 20세가 되어야만 남자가 결혼할 수 있다고 했다.

매력적인 마사이족 아가씨 두 명과 다정하게 사진을 찍기로 한다.

내 옆에 지나가는 마사이족 사나이 그 중 한 명이 자기 부인이라고 한다. 나는 그의 외모에 압도되어 미안하다며 급히 사과하면서 나이를 물으니 19세라고 한다.

아까 설명을 들을 때는 남자는 20세가 되어야만 결혼이 가능하다고 하던데… 라고 하니, 그놈이 하는 말, '뻥'이란다. 자긴 아직 총각이라고. 내가 참아줘야지. 한참 형이니까. 착한 형이니까.

기념품을 파는 조그마한 시장으로 안내되어 갔다.

만든 지 얼마나 되었는지 색은 바래지고 상품에는 먼지가 수북이 쌓여 있었다.

그리고 가격은 터무니없이 높은 가격이다.

마음만은 다 사 주고 싶은 마음이었지만 이성은 바가지라고 신호를 보내고 있었다.

지금 생각하면 좀 바가지 쓰면 어때서.

좀 손해 보면 어때서…

(난 강남 스타일이 아닌 꽁생원 스타일인가 보다)

이성적 판단보다 더 중요한 걸 많이 놓치고 있다는 생각이 많이 드는 요즘이다.

천둥연기 폭포를 아시나요.

　아프리카 빅토리아 폭포에서 떨어질 때 내는 커다란 소리와 엄청나게 쏟아내는 물의 양에 나는 완전히 압도되고 만다.
세계 3대 폭포 중 두 번째로 큰 폭포로 알고는 있었지만 그 웅장함은 넘버원이라고 해도 될 만했다.
잠비아와 짐바브웨 걸쳐 있는 빅토리아 폭포는 이 가난한 두 나라의 관광 주 수입원이다.
이 폭포수의 강력한 힘을 표현할 수 있는 단어는 솔직히 찾을 수가 없었다.

이과수 폭포가 넓게 퍼져 있어 가장 큰 규모를 자랑한다면 빅토리아 폭포는 수직직하와 한꺼번의 물 폭탄 투하라고 표현할 수 있겠다.
하나로 압축되어 한꺼번에 퍼붓는 그 엄청난 힘!
아프리카인들이 빅토리아 폭포를 '천둥연기'라고 불렀던 이유가 충분히 이해가 되었다.
소리가 천둥처럼 크고 떨어지면서 날리는 수증기가 연기처럼 피어난다고 해서 지어진 아프리카의 원래 폭포이름.
'천둥연기'
이보다 더 완벽한 표현이 있을수 있겠는가.

리빙스턴이라는 영국인에 인해 발견되어서 빅토리아 여왕의 이름으로 불리게 되었다는 슬프고도 슬픈 사실을 접한다.
이미 폭포는 이 자리를 계속 지키고 있었고, 원래 이름도 천둥연기라는 멋진 이름이 있는 폭포를 강대국 사람이 자기네 군주의 이름으로 명명했다는 건 지금 생각해도 서글프고 화가 나는 사실이다.
이름을 돌려주었으면 한다.
원래의 이름인 '천둥연기' 폭포로.
잠비아와 짐바브웨 국경을 구분하면서도 또 잇고 있는 다리의 아래에서 쌍무지개가 피어오른다.
압도적인 수증기가 아름다운 작품을 탄생시킨 것이다.

숙소로 천천히 걸어오는 길에 짐바브웨 청년이 계속 나를 따라오면서 지폐를 내민다.
짐바브웨 구 지폐를 기념으로 사라는데 그 단위를 보고 깜짝 놀랐다.
1조원이다. 1조원을 살 수 있는 돈은 단돈 1달러였다.

나는 백억, 천억, 1조의 돈을 거금 3달러나 주고 산다.

친구들에게는 백억과 천억원의 지폐를 인심 쓰듯 선물해주었고

그리고 난 가장 큰 단위인 1조원의 지폐를 앨범에 잘 보관해 놓았다.

괜히 엄청난 부자가 된 것 같았다.

짐바브웨는 엄청난 인플레이션으로 지폐 한 보따리로 살 수 있는 생필품이 거의 없던 시절이 있었다.

이 나라의 정치와 경제를 잘 모르지만 내가 기억하는 건 대통령의 무능함과 정치의 부패함이 원인이라고 들었던 것 같다.

정치, 쓸데없는 것 같지만 그 정치가 썩으면 국민들만 고통을 받는다.

정치인만을 위한 정치가 아닌 국민들을 위한 정치가 짐바브웨에서도 펼쳐졌으면 좋겠다.

사막에 빠져들다.

<어린 왕자>, <어린 왕자 두 번째 이야기>에는 이런 문장들이 있다.

'사막이 아름다운 이유는 어딘가에 오아시스가 숨어 있기 때문
일 거야'

'사막이 아름다운 이유는 어딘가에 오아시스가 있을 것이라는
희망이 있기 때문일 거야'

그러나 나는,
사막이 아름다운 이유는 그냥 사막이 아름답기 때문이란 걸 나미브 사
막에서 알았다.
아프리카 나미비아의 나미브 사막은 내가 생각하는 사막의 개념을 완
전히 넘어선 곳이었다.

사막에서 꼭 봐야 할 것이 세 가지가 있다고 한다.

일출과 석양 그리고 밤하늘을 수놓는 별빛들.

저녁노을을 보기 위해 올라간 사막 언덕길에서 마주한 모래사막의 파도는 바람의 방향에 따라 수시로 변하고 모래색깔의 변화무쌍함을 보여 주었다.

그리고 사막 언덕에서 본 저기 저 새빨간 석양의 빛.

태양은 지면서 까지도 자기의 존재를 확실히 각인시킨다.

그 붉음 속에, 그 각인 속에 나도 모르게 빠져들게 된다.

내 삶도 저렇게 살아야지..

지는 삶에도 강렬하게 내 삶을 각인시켜야지.

　사막의 먼지를 잔뜩 뒤집어 썬 채 캠프에 도착해서

나에게 배정된 자리에 가지고 온 텐트를 치고 개운하게 공용샤워장에서 샤워를 한다.

사막캠프장 옆에 궁금증을 자아낸 생뚱맞은 건물이 공용화장실이면서 공용샤워장이었다.

참새는 방앗간을 그냥 지나칠 수 있을지 모르겠지만 대니에게 술이란 결코 지나칠 수 없는 것이다.

물어물어 찾아간 바에서 시원한 맥주 한 잔으로 갈증을 해소한다.

다른 외국인 여행자 여자 4명이 옆자리에서 술을 마시며 이야기하다가 나에게 엉뚱한 게임을 제안한다.

자기들이 어느 나라 사람 같냐며 맞춰 보라는데, 내 맘대로 추측한 답을 남발하고 그 중에 2명의 국적을 맞추었다. 오호, 50%의 확률이다. 우리는 이런 경우를 소 뒷걸음치다 쥐 잡는 격이라고 표현하기도 한다. 나도 그들에게 내 국적이 어디인 것 같냐고 되물어 보았다.

그녀들의 이구동성, "유 몽골리언"

오 마이 갓.

캄캄한 밤에 캠프로 돌아오는 길에서 올려다 본
밤하늘 위에는 무수히 쏟아지는 초록별들이 빛나고 있었다.
맥주에 취하고 쏟아지는 별에 취하고
몽골리언이라는 말에 더 취한 사막의 밤이었다.

다음날 아침 .
떠오르는 찬란한 태양을 보기 위해 듄45사막을 오르는 길은
(아마 경사가 45도여서 지어진 이름이 아닐까)
너무나 힘들었다.
무릎까지 빠지는 너무나 고운 모래의 간지러움과 그 빠진 모래의 무게를 온전히 느끼면서 올라간 언덕에서 본 일출의 광경은 올라오는 수고에 대한 충분한 보상이 되고도 남았다.
그리고 떠오르는 태양을 맞이하면서 마시는 붉은 포도주의 맛은

너무나도 달콤하였다.

이렇게 메마르고 메마른 땅에도 과거에는 강이 흐르고 생명들이 살아 숨쉬고 있었다는 것을 증명하는 하얀 웅덩이의 흔적들과, 그 위에 무수히 서서 존재를 각인시키려는 바짝 마른 하얀 나무들의 모습은 너무도 경이롭고 신비로웠다.

여행을 하면 할수록 혹시 지구는 살아있는 생명체가 아닐까 하는 상상이 점점 커짐을 느낀다.

그리고 이 상상이 점점 확신으로 옮겨가고 있었다.

'살아있다'의 역설

아프리카를 한마디로 표현한다면 어떻게 표현을 할 수 있을까.

'살아있다'

원시적인 힘이 아직까지는 살아있다.

동물이 살아있고 초원이 살아있고 자원이 살아있다.

그리고 사람도 살아가고 있다.

이 살아있음으로 인하여 인간은 서로 죽고 죽이는 전쟁을 하고 있다.

수많은 땅을 빼앗고 수많은 자원을 빼앗고 수많은 사람을 빼앗은 후 자로 반듯하게 국경을 표시해 놓고 독립을 하라고 일방적으로 선언한 유럽인들에 의해, 아프리카 사람들은 민족과 종교와 자원 때문에 아직까지도 싸우고 있다.

살아있음에 역설적으로 서로 죽이고 있다.

과오를 깨끗이 잊어버린 유럽 선진국들은 인권국가인 척, 문화국가인 척, 원조국가인 척 하고 있다.

내가 '척의 달인' 이듯이 그들 국가는 '척의 국가' 였다.

아프리카에는 생소한 국가 이름이 많다.

그만큼 우리에게도 세계사에서도 변방에만 존재했던 대륙이다. 보츠와나 또한 나에게는 생소한 나라 이름이었다.

아프리카 남부아프리카에 위치한 이 나라는 광물이 풍부한 나라로 특히 다이아몬드의 주 생산국이다.

1인당 국민소득이 1만 달러 정도로 아프리카 나라 중에는 잘 사는 편에 속하지만, 다이아몬드 가격에 따라서 국민소득이 늘어났다 줄어들었다 할 정도로 의존도가 높다.

물론 그 소득이 국민에게 공평하게 주어지지 않는다.

소수 특권층이 부를 거의 다 소유하고 있었다.

민족은 츠와나족이 대부분으로, 그래서 나라 이름이 보츠와나가 아닐까 나름 추론해 본다.

이 나라는 콜라병(?)의 부족인 부시맨들이 거주하고 있으며, 그들의 신체적 특징은 코가 크고 납작하다는 것이다.

휴게소에 잠시 쉬고 있을 때 부시맨들이 노점상을 하고 있어 과일 몇 개를 사고, 어린애들에게는 한국산 초콜릿 '자유시간' 과 볼펜을 나누어 주었다.

또 이 나라는 에이즈 감염자가 30%를 넘는다고 한다.

우리의 편견으로는 문란한 성관계가 원인이 아닐까 의심하지만, 위생적이지 못한 의료시설과 수혈로 인하여 태어나자마자 에이즈환자가 되어버린 경우가 많다고 한다.

평균수명이 30세 이하라고 하니 영유아기 때 사망자가 그만큼 많다는 것이다.

에이즈라는 불치병은 이젠 나을 수 있는 병으로 바뀌고 있지만, 그들에게는 치료약도 그리고 그 약을 살 수 있는 돈도 없었다.

이 나라도 자본주의의 충실한 원리를 따른 결과 부의 집중이 심화되어 버렸다.

그런데 더 충격적인 사실은 보츠와나가 대한민국보다 부패지수가 더 낮은 걸로 나왔다는 사실이다.

아, 나의 대한민국은 과연 어떤 나라인가?

부패지수도 사람의 의식수준에 따라 판단이 달리 된다고 생각한다.

난 대한민국 국민의 의식수준이 높은 것이라고 믿기로 한다.

비판의식이 높고 부패를 혐오하기에 부패지수에 대한 기준이 높게 나온 것이라고 합리화해 본다.

오카방고 델타(삼각주)를 나룻배를 타고 가기로 한다.

2명의 여행자와 1명의 뱃사공이 한 배를 이룬다.

여자 뱃사공도 있었다.

아프리카를 대표하는 사진에 오카방고 강도 자주 등장한다. 강줄기가
완벽한 에스라인으로 하늘에서 촬영한 사진이 바로 이 곳이다.

그러나 우리는 전혀 이 강이 어떤 모양인지는 알 수 없었고, 잔잔한 강
물과 강위에 떠 있는 수련과 강물에 비치는 하늘만 볼 수 있었다.

고요함을 보여주는 고고한 수련. 뜻밖의 사실을 알았다.

수련의 '수'의 한자가 물 수(水)가 아닌 잠들 수(睡)라는 것이다.

잠이 든 것처럼 미동하지 않고 피어나서 그런 모양이라고

그냥 그렇게 단순하게 생각하기로 한다.

젊은 뱃사공이 흐르는 강의 물을 그냥 마신다.

그는 어렸을 때부터 마셔 왔기 때문에 괜찮지만 우리들은 마시면 안
된다고 주의를 준다.

그런 염려는 마시라.

나는 건강염려증으로 뭉쳐진 한국의 소시민이라

절대 마실 일은 없으리라.

누구를 위한 희망봉인가,

　아프리카 가장 하단에 위치한 희망봉은 포르투갈 탐험가 바르톨로뮤
디바스에 의해 처음 발견되었다. 아니 원래부터 거기에 있었다.

처음부터 그 이름으로 명명된 것은 아니었다.
'폭풍의 곶'이라는 이름으로 불리다가 바스코 다가마의
인도항로 개척으로 '희망의 곶', 즉 희망봉으로 바뀌게 되었다.
그 시대를 우리는 '대항해의 시대' 라고 표현한다.
하지만 나는 '대제국의 시대'라고 표현하겠다.

식민지를 만들고 사람을 노예로 취급하고, 자원을 강탈해서
부를 쌓았던 시대.
완전한 유럽인의 시각에서 우리 세계사는 편집된다.
지금 우리 역사가 일제 강점기의 잔재에서 벗어나지 못한 것처럼.

 포르투갈은 대서양의 끝자락에 위치해 있는 나라다.
그 당시 유럽은 인도의 향신료에 열광하고 있었고, 그 경로는 지중해에
위치한 이탈리아의 상권이 장악하고 있었다.
베네치아가 상업의 도시이자 무역의 도시로 막대한 부를 쌓을 수 있었
던 이유였다.
다른 유럽국가와 달리 대서양 끝자락에 있는 포르투칼은 새로운 항로

가 필요했던 것이다.

아프리카 서쪽의 해안을 따라 인도로 가는 길을 개척하였고 막대한 수익을 얻었으며 인도의 고아지역을 점령하여 식민지로 삼았다.

그 항로의 아프리카 남쪽에 있는 곳이 우리가 알고 있는 희망봉이다.

　그런데 과연 그 희망봉은 누구를 위한 희망봉인가.

제국시대를 열었던 유럽 열강만을 위한 희망봉이 아니었을까.

인도사람들에게는 시련의 시작이 되는 아픈 곳임에 틀림이 없는 것 같다.

누구에게는 희망봉이고

누구에게는 절망봉이다.

대서양과 인도양의 바다가 만나

거센 파도를 일으키는 그 곳으로 인하여

세계의 역사는 거센 폭풍의 소용돌이 속으로 들어가게 되었다.

케이프타운에서 인간을 생각한다.

　케이프타운의 상징이기도 한 테이블 마운틴이 저 멀리서 모습을 드
러낸다.
산의 봉우리를 단 칼로 잘라버린 듯한 테이블 마운틴은 제주도와 같은
시기에 세계 7대 불가사의에 선정된 곳이기도 하다.
이곳은 남아프리카 공화국의 입법도시라 불리고 있다.
남아공은 현재 10%정도의 백인들이 살고 있다.
그러나 이곳은 30%정도 된다고 하니 얼마나 유럽스러운 도시인지 충
분히 상상이 되리라 믿는다.

그리고 역시나 상상한 그대로이다.

유럽의 도시를 그대로 가져다놓은 듯한 도시 번화가의 모습에서 왠지 모를 서글픔이 밀려온다.

물론 슬럼가는 이곳의 원주민이 완전 장악하고 있었고 가난과 생존을 위해 겨우겨우 살아가고 있다.

그곳을 가는 것은 무척 위험하다는 경고 때문인지 용기의 부족함인지 가는 건 포기하기로 한다.

진짜 사람 사는 곳을 나는 외면하고, 유명한 곳과 깔끔한 곳을 골라 여행한다.

그리고 그곳을 다 아는 것처럼 또 떠들어 댄다.

너무나 아름답고 멋진 곳이었다고.

그곳에 사는 진짜 사람들은 전혀 그렇게 생각하지 않고 있다는 걸 망각한 여행을 하고 있었다.

남아공은 아직도 부와 권력의 상층부에는 여전히 백인들이 독점하고 있는 나라이다.

가장 극심한 흑백차별을 받았던 나라의 대명사로 우리에게 알려진 이곳은 소수 10%의 백인들만의 선거로 모든 권력을 장악하였던 이상한 나라였다.

넬슨 만델라는 이런 부조리에 항거한 대표적인 인물로 흑백차별 철폐를 위해, 원주민들의 인권을 위해 평생을 다 바친 위인이다. 그도 젊었을 때는 무장 항쟁을 주도하였고 그 대가로 종신형을 선고 받는다.

그는 감옥에서 많이 변한다. 폭력보다는 포용과 화해의 마음으로, 사람의 마음을 움직일 수 있는 사람으로 재탄생하게 된다.

그리고 남아공 최초의 평등선거에서 최초의 흑인 대통령으로 선출된다.

인도의 간디는 무폭력과 불복종의 원칙으로 저항하여 인도의 독립을 이끌었고, 넬슨 만델라도 포용과 화해의 정신으로 남아공을 하나로 이끌었다.

물론 그 당시의 시대흐름 또한 그들 편이었다.

2차 세계대전이 끝나면서 제국주의는 표면상 막을 내리는 시기였고 90년대에는 인권이 세계의 화두로 떠오르고 있었다.

그러나 그들은 목적을 위한 수단이 정당하였기에 아직까지 존경받는 위인이 될 수 있었다.

평화를 위한 목적에 테러라는 수단이 포함되었다면 그들 또한 인권주의자에서 테러리스트로 평가받았을 수도 있었을 것이다.

테러는 약한 자가 강한 자에게 보여 줄 수 있는 가장 강력한 메세지인지 모른다.

그러나 민간인에게 하는 테러는 더 약한 자에게 하는 일방적 폭력일 뿐이다.

누구나 알고 있는 보편적인 생각들.

가장 중요한 것이 '사람'이라는 걸 왜 테러리스트들은 생각하지 못 하는가.

신이 존재하는 이유는 인간이 있기 때문이라는 걸 왜 알지 못하는 것일까.

인간들은 세뇌되어진 세계에 살고 있는 건지도 모른다.

백이 상징하는 것 : 천사, 선함, 깨끗함, 우월, 문명

흑이 상징하는 것 : 악마, 악함, 더러움, 열등, 야만.

그러면 황이 상징하는 것은 이것도 저것도 아닌 건가.

우리는 이러한 이분법적 논리에 완벽하게 세뇌당한 채 살아왔다.

독일에 의한 유대인의 학살은 반인륜적 행위라며 계속적으로 선전하면서(반인륜적 행위임에는 틀림 없다)이스라엘이 팔레스타인 민간인들을 폭격하고 사살한 것은 별 문제 없는 듯이 보도한다.

그동안 살고 있었던 나라를 갑자기 빼앗긴 민족의 설움을 더 잘 알고 있는 우리가 이스라엘에 더 공감을 느끼고 동조하고 있는 이 아이러니를 어떻게 설명할 수 있을까. 세뇌는 이렇게 되어지는 것이다.

그리고 유럽인들에게 무차별하게 죽음을 당한 2,000만 명의 아메리카 인디오의 역사는 서부개척이라는 신대륙 발견의 필연적인 결과였다는 개뼈다귀 같은 말로 우리들에게 각인되고 있다.

그리고 아프리카인들은 몇 명이 죽었는지,

몇 명이 노예로 팔려갔는지조차 우리는 모르면서 살아간다.

무슬림의 죽음은, 인디오의 죽음은 그리고 아프리카인의 죽음은 그렇게 역사에서 잊혀지고 있는 것이다.

　우리는 인도의 카스트 제도를 비난한다.

신 앞에 모든 인간은 평등하다고 말한다.

그러나 정말 지금 우리가 살고 있는 지구의 인종사이에는 카스트 제도가 없다고 단언할 수 있는가.

우린 '백인과 유색인종'이라는 말을 아무렇지 않게 사용한다.

흑인과 그 외의 인종.

황인과 그 외의 인종.

이런 말을 들어본 적이 과연 있는가.

케이프타운에서 지구에 살고 있는 인간종족에 대해 생각해 본다.

낙타를 타고 사하라 사막을 가로지르는 길을 택한다.
한 방울 또 한 방울 내리기 시작한 비는 역시나 수 없는 물방울이 되고
이 비와 가깝게 지내는 바람마저 불어오기 시작한다.
낙타를 타고 가는 게 선뜻 내키지 않는다.
사람이나 동물이나 말을 하지 않아도 아는 것들이 있다.
내가 타고 갈 낙타도 이런 내 마음을 간파한 게 확실하다.
'너만 그런 게 아냐, 나도 너 같은 사람 태우기 싫어'
라는 속마음을 행동으로 보여 준다.

낙타의 등에 올라타는 순간 낙타는 나를 내팽개친다.
놀랐지만 아무렇지 않은 척 벌떡 일어날 수밖에 없었다.
다행히 나름 순발력을 발휘하여 다치지는 않았다.
이 낙타는 포기하고 다른 낙타를 타게 된다.
그 낙타의 눈을 바라보며 너와 같이 가고 싶다는 텔레파시를 보냈다.

  무사히 낙타 등에 올라타고 사하라 사막으로 go go.
사하라의 모래 비바람이 내 뺨을 사정없이 내리친다.
뒤에 있던 프랑스 연인,
너무 아름다운 곳이라며 감탄사를 남발한다.
뒤돌아보며 진짜? 라고 묻는 그 순간,
사하라의 한 주먹 모래알이 내 입속으로 무단 침입한다.
사막캠프에 도착한다.
프랑스 연인하고는 다른 캠프여서 형식적이지만 친한 척 작별인사를
고한다.

  이러한 비바람은 밤이 되자 언제 그랬냐는 듯 사라지고
수없이 많은 별빛들이 쏟아진다.
어디선가 음악소리가 들려온다.
나도 모르게 간 그곳에는 모닥불을 두고 둘러앉아
전통음악을 연주하는 현지인들과
감상하는 여행자들이 모여 있었다.
그래, 이런 게 여행이지.

오! 사하라의 밤.
꼬냑 한 잔에 취하고
음악에 취하고
별빛에 취하고
달빛에 취하고
사하라 사막에 취하는 밤이었다.

내 행운의 색.

 올해 내 행운의 색은 블루였다.
모로코의 쉐프샤우엔의 코발트 블루에 반했다.
원색은 자극적이면서 본능적이다.
이 아담하고 아름다운 마을엔 가슴 아픈 과거의 역사가 존재한다.
스페인의 이슬람 왕국이 무너지고 카톨릭 왕국으로 바뀌면서 종교적
탄압을 피해 온 이슬람인들과 유대인들에 의해 만들어지게 된다.
이렇게 두 종교는 같은 고난으로 하나의 마을이 되었지만
지금은 더 커다란 갈등에 놓여 있게 된다.
종교의 다름으로 민간인들이 죽는 현실의 세계가 서글퍼진다.

 온통 블루로 이루어진 골목길을 걷고 있노라면
묘한 느낌이 드는 건 어쩔 수 없다.
점심을 먹기 위한 식당은 너무나 고풍스러운 곳이었다.
한 꼬마 녀석이 계속 나를 따라다닌다.
솔직히 난 동물과 아이들을 좋아하는 편은 아니다.

그런데 해외에 나가면 유난히 동물과 아이들이 많이 따르는 편이다.

혹시 날카로운 내 인상이 좀 더 부드러워진 건 아닐까 하는

착각에 자주 빠지게 된다.

아님 외국에서 더 통하는 인상이든가… 설마?

동네 마실을 하고 있던 중 그 꼬마 녀석이 다른 아이들에게 맞고 있었

다. 오지랖의 대니 아니던가.

다른 애들을 혼내주고 그 애를 위로하는데 눈물을 참으려는 그 애 눈

에서 눈물이 기어이 떨어지고 만다.

무슨 일이 있었던 걸까?

말이 통하지 않음으로 오는 답답함.

내가 해줄 수 있는 건 어깨를 다독거려 주는 일밖에 없었다.

눈이 시리도록 파란 색감에, 내 눈도 시려왔다.

가라앉은 마음을 스스로 위로하려 카페에서 커피 한 잔을 주문한다.

뜨거운 액체가 목으로 넘어 오는 순간,

이 우울함도 점점 옅어진다.

나는 한 순간만 머무는 여행자일 뿐이지만

그 애는 여기서 계속 살아갈 것이다.

그리고 이따위 일들은 분명 금방 잊고 씩씩하게 살아갈 것이다.

이런 생각을 하니 조금 기분은 나아졌다.

블루의 색감이 모두 같지는 않았다.

천연염료로 각기 다른 색으로 이루어진 마을.

쉐프 샤우엔.

이 색은 유대인에 의하여 시작되었다고 한다.

사람도 비슷한 듯 하지만 각자의 색을 가지고 있다.

종교 또한 그렇다.

그러한 다름을 인정하는 종교,

그러한 다름을 인정하는 사람,

그러한 다름을 인정하는 세상이 되기를 바라본다.

아시아로 가

미얀마 가 go
라오스 가 go
캄보디아 가 go
중국 가 go
인도네시아 가 go
인도 가 go
네팔 가 go
몽골리아 가 da.

아시아는 문명의 땅이다.

인류 4대 문명 중 3대 문명이 이 대륙에서 시작되었다.

아시아는 자연의 땅이다.

열대림과 수많은 섬들 그리고 살아있는 화산이 숨 쉬고 있다.

아름다운 자연을 품고 있다.

가까운 사람들에게 소홀히 하는 경우가 있다.

같은 대륙 아시아에게 조금 미안해진다.

  황금의 나라 미얀마는 우리에게는 버마라는 이름으로 더 알려진 나라이다.
민족 구성원 중에 버마족이 가장 많이 차지하고 있어 버마로 불리었다가 소수민족을 아우른다는 명목으로 1989년 미얀마로 국가명을 변경하였다.
5공 전두환 시절에 아웅산 묘지 폭파사건으로,
그리고 아웅산 수지 여사로 알려진 미지의 나라가 바로 미얀마다.

  미얀마의 상징적 인물인 아웅산 수지는 군부독재에서 민주주의를 위해 끊임없이 저항했고 마침내 민주주의 정부를 수립했다.
여기까지의 이야기로 끝났다면 그녀의 삶은 분명 미얀마에서나 세계에서 민주주의와 인권을 위해 살았던 사람으로 존경받는 해피엔딩이 되었을 것이다.

하지만 미얀마 내에서 이슬람을 믿고 있는 소수민족인 로힝야족들은 지금 생사의 기로에 서 있다. 미얀마의 군부에서 로힝야족을 무참히 살해하고 차별하면서 그들은 주거지 없이 떠돌아다니고 있다.

그리고 아웅산 수지는 이러한 폭력과 차별에 대하여 침묵하고 있다.

역사적으로 이러한 비극적 결과는 필연적이라고 누군가는 말하지만 사람에게는 변하지 말아야 할 것이 있다고 나는 생각한다.

바로 보편적 가치이고, 이 가치의 최우선은 생명존중이라고 나는 믿고 있다.

종교의 다름을 인정하지 못하고 가해진 폭력이나 테러는 어떠한 경우라도 정당화될 수는 없다.

자비를 가르쳤던 붓다가 지금 이러한 상황을 보게 된다면 어떤 생각을 하게 될까.

미얀마는 지금 새로운 여행지로 베일을 서서히 벗고 있는 중이다.

전체 국민의 대부분이 불교신자인 이곳은 세계에서 기부를 가장 많이 하는 나라로 선정되기도 했다.

물론 총 금액이 아닌 소득대비 기부금액임을 밝혀 둔다.

미얀마는 아직은 경제적으로 가난한 나라이지만 붓다에 대한 마음만은 부자인 나라인 게 분명하다.

나라 어디를 가더라도 불교사원과 불탑으로 불심을 표현하고 불교의 성지순례가 활발히 이루어지고 있는 나라이기도 하다.

불교사원에 온통 황금으로 입혀 황금사원의 대명사가 된 양곤의 쉐 다곤 사원과 버간 왕족에 의해 버간에 설립된 천 개의 불탑은 미얀마에서는 불교가 종교이자 바로 생활임을 느끼게 한다.

　우리 인간은 수많은 신을 창조해 내는 존재이다.
붓다는 해탈의 경지에 이르렀으며 모든 중생들도 그 해탈의 경지에 이
르기를 바랐던 신이 아닌 바로 인간이었다.
스스로 정진하여 깨달은 인간이었던 그는 깨달음을 본인에 한정하지
않고 모든 사람들과 공유하고자 하는 사람이었다.
붓다는 신이 되길 원하지 않았지만,
미얀마에서는 이미 신이 되어 있었다.

인레 호수는 삶이다.

 미얀마의 인레 호수 투어를 하기로 한다.

젊은 친구가 나와 친구를 안내하기로 한다.

끝도 없이 펼쳐진 호수는 우리에게는 너무나 아름다운 호수의 풍광이

지만 그들에게는 삶이었다.

'인레 호수는 미얀마의 선물이다'

라는 말이 있지만 그들에게는 또한 인내하면서 살아야 하는 삶의 현장

일 것이다.

호수에서 수상가옥을 지어 생활하고 수상농장에서 토마토와 야채를

재배하고 그리고 물고기를 잡는다.

물론 옛 고기 잡는 모습의 포즈를 취한 대가로 돈을 요구한다.

그들도 자본주의적 사고에 천천히 물들어 가고 있는 중이다.

고기를 잡는 것보다 포즈를 취하는 것이 더 쉽고 더 많이 돈을 벌 수 있다는 것을 알아가는 그들이 이해되면서도 한편으로는 아쉬움이 찾아옴은 무엇일까?

나는 자본주의적 인간으로 살고 있으면서 그들은 순수하게 살기를 바란다. 위선적이다.

나는 인레 호수의 시장에 들르기로 했다.

육지에 올라 걸어가는 길에 학교도 보이고 유치원도 보인다.

가난한 나라라는 편견을 단박에 깨뜨려 주는 아이들의 밝은 모습과 웃는 얼굴에 나 또한 얼굴이 밝아진다.

소수 민족으로 목이 긴 여인의 모습을 한 카렌족을 만났다.

그녀들은 호수 위의 가게에서 옷감을 짜고 그 옷을 팔고 또한 기념사진을 같이 찍어서 생계를 유지하고 있었다.

목에 금빛 링이 하나 둘씩 늘어날 때 마다 느꼈을 삶의 무게.

머리를 숙일 수 없음으로 오는 목디스크와 허리디스크의 고통을 견디면서 살고 있었다.

전통이란 무엇일까. 그 민족의 정체성을 나타내 주는 양식임에는 틀림없지만 고통보다는 기쁨을 주는 그러한 전통이 이어졌으면 하는 바람을 가져본다.

이곳에서도 불교의 나라답게 수상에도 황금빛 불교사원이 자리 잡고 있었다.

유명한 불상이 있다고 해서 갔는데 불상은 보이지 않고 황금으로 뒤덮인 다섯 개의 형태가 불분명한 상만 있었다.

불심의 표시로 불상에 너무 많은 사람들이 금종이를 붙여서 본래 불상의 모습은 사라져 버렸다고 한다.

이 불상은 신비의 불상으로 불리어져 더욱 더 사람들의 금박지 세례를 받고 있었다.

붓다는 사람들의 평등을, 욕심과 소유의 부질없음을 설파했는데 어느덧 본인의 상에는 황금이라는 욕심과 소유의 상징으로 쌓여 있었다.

우리 인간들은 신을 믿지만 그 신의 가르침은 과연 얼마나 따르고 있는건지 생각하게 했다.

점심을 먹으러 수상식당으로 들어간다.

젊은 보트 운전사가 충혈된 눈으로 나를 부른다.

술을 마시면서 한잔 권하는데 그 술맛이 엄청 독하다.

그러고 보니 이건 분명 수상보트 음주운전에 해당되는 게 아닌가.

동남아 지역은 모계사회의 흔적이 아직도 많이 남아있다.

인레 호수도 모계중심 사회를 보여 준다.

결혼을 하면 남자가 처가에 와서 일을 하면서 지내야 한다.

시집살이가 아닌 처가살이의 고달픈 생활이 시작되는 것이다.

우리나라 속담에 '겉보리 서 말만 있으면 처가살이 안 한다' 말이 있듯이 시집살이 못지않은 그 무엇이 진정 존재하고 있으리라.

(시어머니 구박에 맞먹는 장모님의 눈치가 아닐까라는 나만의 상상)

나는 얼마나 다행스러운 일인가.

한국의 남자로 태어났음이,

그리고 아직은 겉보리 서 말 이상을 가지고 있음이 참 다행이다.

인레 호수 보트투어를 무사히 마치고
나는 카페에서 쉬기로 한다.
윗층에서 본 거리의 평온함과 카페 인테리어의 산뜻함(다른 표현으로
시골스러움)과 달리 커피 맛은 한국의 아메리카노를 갑자기 생각나게
하는 맛이었다.
커피인 듯 커피 아닌 커피 같은… 한마디로 오묘한 맛이었다.

밍글라바 미얀마.

미얀마의 느낌은 아직까지는 꾸밈이 없다.
꾸밈이 없는 땅. 그리고 꾸밈이 없는 사람들.
그래서 그냥 정이 가는 나라이자 사람들이다.

그러나 꾸밈이 없는 미얀마 여인들도 유일하게 꾸밈을 보여 주는 것
은 바로 마얀마 여인의 상징인 '다나까'이다.
미얀마 여인들의 얼굴 볼에 그려진 희노란 색을 어디에서나 맞이하게
된다.
다나까 나무에서 추출되는 천연화장품이자 천연선탠크림이라고 한다.
토막 된 나무의 속을 돌에 갈아서 만드는 이 다나까 화장품은 미얀마
여인의 상징이 되어 있었다.
더 귀엽고 더예쁘게 보이게 하는 묘한 매력을 품은 다나까의 색깔.
세계 어디에서나 여인들이 미를 추구함은 똑 같은가 보다.

 천개의 불탑 도시인 버간.

버간 왕조는 불교의 나라를 꿈꾸었다.

나라와 민족의 통일뿐만 아니라 종교의 통일로 강력한 왕조를 꿈꾸었다.

그 흔적들은 아직도 버간을 지키고 있다.

우리는 마차를 타고 불탑을 돌아보기로 했다.

2명의 여행객과 1명의 길잡이로 해서 하루 종일 버간의 불탑 곳곳을 찾아 나선다.

신선놀음이라 하기에는 습하고 뜨거운 기온이 현실에 서 있음을 알게 해 주었다.

솔직히 이 사원이 저 사원 같고 저 사원이 이 사원 같았다.

그러나 사원마다 붓다를 향한 미얀마 사람들의 공경심은 언제나 경외감을 들게 한다.

여행객이 내릴 때마다 엽서와 기념품을 팔려는 아이들이 몰려온다.
처음의 호칭은 '오빠', '언니'로 시작하지만 사 주지 않으면 단박에 '할
아버지', '할머니'로 호칭이 격상된다.
가끔 나도 눈 깜짝할 사이에 할아버지가 되어 버린다.
아동노동의 문제는 가난한 나라에서는 하루 이틀 사이의 문제는 아니
다.
여행자들이 사 주지 않아야 이런 아동노동이 사라진다고 한다.
그러나 그들 가족에게는 하루하루 생계문제이다.
어떤 것이 맞고 어떤 것이 틀린지 헷갈리고 또 딜레마에 빠지게 한다.

석양이 아름다운 사원이 있어 모든 관광객들이 집합한다.
똑같은 일출이고 똑같은 석양인데 우리는 해외에 나가기만 하면 꼭 봐
야만 하는 통과의례처럼 그런 곳을 찾는다.
맑았던 하늘이 해가 저물어 가면서 구름이 점점 깔리기 시작한다.
석양이 아름다운 이유는 구름이 있기 때문이라지만,

적당한 구름만 있어야 하는데 너무 많아서 나는 석양 보는 것을 포기하고 사원 탑에서 내려오기로 한다.

인생 또한 아름다운 이유는 항상 맑음이 아닌 흐림이 있기 때문일 것이다.

작고 작은 굴곡들을 이겨냄으로 인생은 살만하다고,

더 아름답다고 느끼게 해 준다고 생각한다.

그러나 너무나 많은 굴곡과 커다란 굴곡은 인생을 포기하게도 만들 수도 있다.

  인도에서 시작된 불교는 인도에서는 빛을 발하지 못했다.

동쪽으로 북쪽으로 전진하고 나서야 하나의 종교로 자리잡는다.

동남아에서는 소승불교로 동북아에서는 대승불교로 그렇게 4대종교로서 아직도 사랑을 받고 있다.

만들레이에서 만다라를 생각하다.

만달레이라는 도시의 이름에서 난 만다라를 떠올렸다.
불교의 나라인 미얀마이기에 더욱 그랬는지 모른다.
만다라는 샨크리스트어 만달라가 어원으로 '원'을 뜻한다고 한다.
원으로 표현된 불화를 우린 흔히 만다라라고 부른다.
이 원이 의미하는 무엇일까.
삶의 시작과 끝이 없음을 표현한 것일까?
아니면 돌고 돈다는 윤회를 상징하는 것일까?
그것도 아니면 모나지 말고 둥글게 살라는 삶의 방식을 보여주기 위한
것인지도 모르겠다.

미얀마 관광의 대부분은 불교의 나라답게 불교사원 탐방이 대부분이
다. 이탈리아 여행의 대부분이 두오모(대성당)가 되듯이. 그래서인지
어디 사원을 갔기는 갔는데 어디인지는 항상 헛갈리게 된다.
거의 같은 양식의 불탑들과 사원의 모습이었지만 이곳은 색다른 인상
을 주었다.

불탑이 붉은색이 아닌 흰색의 불탑으로 사원을 에워싸고 있었다.

붉은 탑이 장엄함과 경외감을 안겨 주었다면, 흰 탑은 단순함과 순수함을 느끼게 해 주었다.

물론 여기서도 여지없이 관광객을 기다리고 있는 꼬마들이 있었고 그들의 성화에 나는 또 습관적으로 엽서를 사고야 만다.

 만달레이 언덕에 있는 사원을 향하여 간다.

해발 236미터에 사원이 있으며 만달레이 전경을 볼 수 있는 사원으로 계단 올라가는 길 옆에서 소녀들의 재잘거리는 소리가 들리고 또 한 가족들이 올라가는 모습도 보인다.

현지인 가족 분들이 나와 같이 사진 찍기를 원하여 기꺼이 찍혀준다.

탁 트인 전망을 보면서 잠시 더위를 식히고 사원기둥에 기대어 망중한을 즐기다가 사원을 서서히 둘러보는데 사원 내에 젊은 화가가 손가락만으로 불교사원과 스님의 모습을 그리는데 그 속도와 실력에 절로 감탄사가 나온다.

그 앞을 자칭 젊은 폭주족들이 지나친다.

멋진(?) 오토바이 헬멧을 쓴 그들이 숭어 떼처럼 무리를 이루면서 돌아다닌다. 귀여운 녀석들.

석양을 보기 위해 우베인 다리로 간다.
길게 뻗어진 다리에 수많은 사람들이 걸어가고 있다.
1.2킬로의 길이로 1086개의 티크나무 기둥으로 만든 다리로 1851년 아무라푸라시 시장인 우베인이 스님들의 탁발을 편하게 해 주려고 만들었다고 한다.
만든 사람의 이름인 우베인 다리보다 만드는 이유가 왜 미얀마가 불교의 나라인 지 다시 일깨워 주었다.
우베인 다리 밑에는 낚시하는 사람들과 그물치는 사람들, 배를 타고 관광하는 사람들, 그리고 나처럼 다리 위를 걷는 사람들로 서서히 저물어 가는 태양과 달리 이곳의 풍경은 생동감이 넘실대고 있었다.
중간중간에 쉬어 갈 수 있는 곳들이 마련되어 있었는데, 그곳에서 생선과 게 튀긴 것을 팔고 있었다. 튀긴 게가 너무나 먹음직스러워 사서 먹어 보는데, 너무 딱딱하여 내 이빨이 깜짝 놀란다.
다행히 이빨은 무사했고 이 놀라움과 복수의 댓가를 끝까지 깔끔하게
먹어치움으로 대신했다.

우베인 다리에서 석양을 바라보았다. 불이 타오르고 있었다.
황금빛으로 잔뜩 물든 불이 활활 타오르고 있었다.

블루라군에서 기대와 현실을 마주하다.

여행자의 천국이라고 불리는 라오스.
무엇이 여행자의 천국이라는 명칭을 가지게 할 수 있었을까.
국가의 정책이 우선 필요할 것이라고 생각한다.
그리고 여행자의 눈에 맞는 숙소와 치안과 관광지의 개발.
이런 면에서 내가 보기에 라오스는 일단 합격이다.
숙소는 깔끔하고 물가는 착하다.
라오스가 사회주의 국가라는 이미지는 한 순간도 떠오르지 않았다.

느긋한 늦잠을 자고 나는 허기를 채우기 위해 친구와 길을 나선다.
방비엥의 중심가는 그리 크지 않았고 외국인들로 들썩이고 있다.
숙소와 식당과 펍과 카페와 안마소의 집합소였다.
딱 이 표현이 적정할 듯하다.
'그냥 즐겨'라는 컨셉으로 이루어진 방비엥 시내다.
우리는 시내 중심가를 벗어나서 위쪽 아니 아래쪽인가.
(길치라 위치감각이 끔찍하다)

가다보니 아주 허름한 가게에서 우리나라의 족발같이 생긴 걸 팔고 있었다.

족발이 아닌 수육이라는 표현이 맞겠다.

돼지머리의 귀때기와 라오스 맥주를 시켜 대낮부터 먹는다.

우리 때문에 개시를 시작했는지 주인아저씨는 신이 났다.

그리고 우리는 대한민국 남정네가 아닌가.

술과 고기를 양껏 먹을 준비가 되어있는, 매상을 충분히 올려 줄 준비가 되어있는 착한 남정네들이다.

맘씨 좋고 인상좋은 주인아저씨를 뒤로 하고 더 올라가는데 미용실 비슷한 곳이 보인다.

인간이 가지고 있는 가장 큰 장점이자 단점인 호기심을 참지 못하고 우리는 기어이 들어가고야 만다.

귀지를 파는 곳이란다.

그럼 한번 이런 호사를 누려보기로 한다.

애띤 소녀가 커다란 도구를 가지고 귀지를 파는 것이 신기하고 또한 시원하고 색다른 경험이었다.

허리춤에 차고 있은 주머니 속에는 수많은 형태의 도구가 장착되어 있었다.

저녁은 이곳에서 게스트하우스를 운영하고 있는 현지 한국인 사람과 그곳에 혼자 머물고 있는 한국인 청년과 함께 소주에 돼지 샤브샤브를 먹었다.

그리고 2차는 그쪽 게스트하우스에 가서 맥주로 입가심을 한다.

물론 그 입가심이 지나쳐서 어떻게 숙소를 왔는지는 기억이 전혀 나지 않았다.

중요한 건 친구와 나, 둘 다 기억이 전혀 없다는 것이다.

참 묘하다. 그래도 숙소에 잘 도착한 걸 보면 회귀본능은 나라를 가리지 않는가 보다.

　방비엥하면 떠오르는 유명한 곳이 바로 블루라군이다.

수많은 영상과 매체를 통하여 알려졌던 곳이다.

가기 전에 조그마한 동네에 들러 방비엥의 풍광을 한 눈에 볼 수 있는 산에 올라가기로 한다.

아주 낮은 곳으로 쉽게 올라간다는 게스트하우스 주인의 말을 믿고 가벼운 마음으로 쪼리를 신고 올라가는데.

앗 속았다. 전혀 가볍지 않다.

가는 도중에 학교가 있는데 여학생　세 명이 계속 우리를 따라 온다.

한마디로 날라 다닌다.　헉헉거리며 겨우 정상에 도착한 우리 눈앞에 펼쳐진 풍광은 아름다운 그림 그 자체이다.

고생한 보람은 충분히 보상받았다.

내려오는 길.

그 세 소녀도 같이 내려오면서 헤어져야 할 시간이다.

돈을 요구한다.

아… 이걸 어떻게 생각해야 하는 것인가.

우리는 돈은 주지 않고 가게에서 시원한 음료수를 대신 사 주기로 결정했다.

동남아에 여행에서 갈등이 생기는 일 중에 하나가 바로 어린애들이 돈을 요구하는 것이다.

주는 것이 맞는 것일까. 거절하는 것이 맞는 것일까.

그 해답은 아직도 나는 찾지 못했고 앞으로도 나에게는 풀지 못할 문제로 남을 것 같다.

 툭툭이를 다시 타고 우리의 목적지인 블루라군으로 가는 길.

자전거와 오토바이를 타고 가는 외국인들이 보인다.

비포장도로의 먼지를 다 마시면서 다니는 그들이 안 되어 보였지만 한편으로는 자유로운 그들이 부럽기도 했다.

드디어 블루라군에 도착했다.

푸른 석회질 물이 우리를 맞이해주었고

블루라군 웅덩이 나무위에서는 다이빙하는 사람들이 눈에 들어왔다.

다이빙하러 연인 둘이 올라갔다가 생각보다 높은 높이에 두려워서 혼자 내려온 여자.

그래도 그녀의 용기에 난 박수를 보내기로 한다.

시도하지 않은 것보다 시도한 후에 두려워하는 것이 낫다고 생각한다.

우리는 실패가 두려워 아예 시도하지 않으면서 변명을 쉽게 말한다.

　블루라군은 '푸른 산호초' 라는 뜻이라고 한다.

내 어릴적 청춘스타였던 브룩 쉴즈가 출연한 영화 제목이었던 같다.

무인도를 둘러 싼 푸르고 푸른 바다를 배경으로 만들어진 야한 영화로

그 당시 브룩 쉴즈의 미모만큼 너무나 아름다운 배경이 기억에 각인된

영화다.

블루라군에 대한 나의 기대가 너무 컸음을 확인했다.

기대는 항상 깨어지기 위해 존재하는 법이다.

그렇게 푸르고 푸른 물을 기대했지만 실제 물은 석회질로 뿌연 푸른색

이었다.

우린 여행 프로그램의 영상에 빠져 그곳으로 여행을 떠난다.

그리고 그곳에서 그 영상의 장소를 쉽게 발견하지 못한다.

조작된 영상은 분명 아니지만 영상미는 분명 존재한다.

실제보다 더 멋지게 화면에 비쳐지는 것이다.

조작인 듯 조작 아닌 조작 같은 영상미에 우린 자주 속는 것이다.
그래도 블루라군 물에 몸을 담그고 수영도 하였다.
일단 '블루라군에 와서 수영을 했다' 라는 사실로 만족하기로 하고 우
린 툭툭이를 타고 숙소로 툭툭 돌아온다.

꽃보다 라오스.

루앙 프라방의 꽝시 폭포를 친구와 함께 툭툭이를 타고 가는 길이다.
시원한 바람이 내 몸을 관통한다.
시내를 지나 울퉁불퉁한 산길을 달린다.
석회질로 된 쪽빛 물이 흘러내리는 하류를 지나서
꽝시 폭포에 이르는 순간
생각보다 큰 폭포의 규모에 감탄하다.
최근 내리는 비로 물이 불어났다고 한다.
그 비로 쪽빛 물빛은 옅어졌지만 폭포는 폭포다운 위용을 보여주고 있었다.
세상에서 가장 위대한 작품은 바로 자연이라는 걸 다시 확인하는 순간이었다.
사람의 힘으로는 결코 표현할 수 없는, 오직 신만이 만들 수 있는 경이로운 작품인 자연을 능가하는 작품은 세상에 존재하지 않는다.

  방비엥에서 루앙 프라방으로 오는 길은
쏟아지는 비로 인하여 온 길이 진흙탕이 되어 평상시보다 2배 이상의
시간이 걸렸었다.
비포장 도로여서 앞에 차의 바퀴가 빠져 나아가지 못하면 모든 차는
멈출 수밖에 없었다.
그런데 왜 멈춰야 하는지는 아무도 알 수 없었다.
가면 가는 거고 멈추면 같이 멈추는 것이다.
멈추는 사이사이 마을에 들러서 청년들과 술 한잔 하며 시간을 보낸
다.
어느 동네에서는 아주머니들께서 나에게 오라고 손짓을 한다
아, 내가 그녀들에게 통하는 비주얼인가 하며 자신 있게 들어가니 아주
머니들만 20명 이상이 둘러 앉아 전통술을 마시고 있다.
그리고 나에게도 술을 권한다. 여자들만 있는 공간이라 나름 뻔뻔함으
로 무장되어 있는 나조차 얼굴이 좀 화끈거렸다.
그래도 주는 술은 절대 마다하지 않는다는 게 내 신념 중 하나다.

당연하게 원샷을 한다. 독한 술의 기운이 목구멍을 통과하자 뜨거움이 가슴에 쏴하게 전해 온다.

술기운으로 얼굴이 발갛게 달아 오른 건지 쑥쓰러움 때문인지는 나도 알 수 없었다.

또 한잔 술로 지루함을 뒤로 하고 마을에서 가장 큰 마트(?)에 들렀다.

한 평 정도의 동네 가게였다.

먹을 만한 주전부리가 거의 없었지만 나는 과감히 유통기한이 언제인지 알 수 없는 과자를 사서 먹었다.

다행히 별탈은 없었다.

그리고 새벽에 겨우 도착해서 이렇게 툭툭이를 타고 꽝시 폭포로 온 것이다.

솔직히 별 기대하지 않았음이 이 아름다운 풍광에 더욱 더 감탄한 원인인지도 모르겠다.

석회질 성분으로 된 물은 계단식으로 이어졌고

그 물에 수영을 하기 위해서 나무 아래로 과감하게 뛰어내리는 라틴계 아가씨가 눈에 들어온다.

그리고 키가 나보다 더 큰 호주 아가씨,

자기도 뛰어 내릴 테니 자기 스마트폰을 건네면서 나에게 찍사가 되어 달라고 한다.

당연 문제없음이다.

그리고 같이 기념사진도 찰칵!

　여행자의 천국이라는 라오스.

지금은 너무 많은 외국 여행자의 방문으로 라오스 사람들의 순수함은 점점 사라지고 있지만, 그래도 너무나 착한 물가와 아름다운 풍광들 그리고 아직까지는 참 좋은 라오스 사람들까지.
그래 나에게 아직까지는 꽃보다 라오스였다.

캄보디아 앙코르와트는 세계 7대 불가사의로 선정된 곳이다.

죽기 전에 꼭 가 봐야할 곳으로도 선정되었다.

솔직히 요런 곳이 지구상에 너무 많아서 문제라고 생각하지만.

불가사의하고 꼭 가 봐야할 곳을 한번쯤은 정리를 해 보아야겠다.

여기로 온 이유가 이런 상투적인 홍보에 이끌림인지 아니면 사원이 점점 훼손되고 있어 그 전에 가서 봐야한다는 간절함 때문인지는 솔직히 확신이 서지 않는다.

약 천 년 전의 이러한 거대한 사원을 지었다는 경이로움과 함께,

이 사원을 짓기 위해 얼마나 많은 피정복자들의 노동과 죽음이 있었던 것일까 생각한다.

피정복자들의 대가라는 생각에 우리의 위대한 유산들은 과연 무엇을,

그리고 누구를 위한 것이었을까… 라는 생각이 스쳐 지나갔다.

우리는 정복자의 이름만 기억한다.

우리는 경이롭고 아름다운 건축물만 기억한다.

정복자에 의해 죽어야만 했던 수많은 사람들과 건축물을 짓기 위해 희

생된 노동자들은 어디에도 기록되지 않는다.

앙코르와트.
크메르제국의 가장 위대한 왕인 수르야바르만 2세에 의해 지어진 힌두
교 사원이다.
앙코르는 산스크리트어 노코르의 방언으로 도읍이라는 의미가 있으며
와트는 사원이라는 뜻으로 '사원의 도읍' 이라는 뜻이라 한다.
최초는 힌두의 3대신 중 비슈누를 모시는 힌두사원이었으나 종교의 변
화에 따라 불교사원이 되기도 했다.
종교의 믿음에 따라 힌두사원과 불교사원들이 주위 곳곳에 세워졌다.

캄보디아는 근대에 아픈 역사를 가지고 있다.
우리가 알고 있는 '킬링필드'
공신주의자인 폴 포트에 의하여 무려 캄보디아 인구의 1/3인 200만 명
이 학살되었다고 한다.
최고 권력자의 잘못된 신념이 이러한 비극을 만든 것이다.
통치자의 잘못된 생각으로 일어나는 피해는 그들이 아닌 국민들의 몫
이다. 우리나라에 있었던, 통치자의 실정으로 죄 없이 많은 아이들이
죽었던 사건이 생각났다.
유적지 곳곳에 붓다를 비롯한 신들의 머리가 잘려져 있었다.
그 이유를 물으니 너무 먹고 살기 힘들어서 불상이나 신상의 머리를
잘라 외국으로 팔아서 생활했다는 것이다.
국민이 없는 국가, 바로 폴 포트 시대였던 것이다.
주객전도된 국가였던 캄보디아.
국민을 위한 국가가 아닌, 국가를 위한 국민의 나라였던 그곳에도

변화의 바람은 불고 있다.

물론 지금도 장기집권의 영향으로 기득권층을 위한 나라임에는 틀림
없지만 정부를 비판하는 현지 가이드를 보며 점점 변화할 것이라는 믿
음이 생겼다.

 지금 최초 인류에 관한 책을 읽고 있는데 귀와 눈이 무척 얇고 얕은
나로서는 흥미있는 이야기가 눈길을 끌었다.

바로 모든 문명과 문화의 시작은 산스크리트에서 시작했다는 것이다.

그리고 그 문명의 시작이 BC 3,000년보다 훨씬 전일 것이라는 설이다.

그리고 곳곳에 나타난 거석문화의 흔적들은 그 유적들이 원래는 하나
의 문명과 하나의 땅덩어리에서 시작했을 것이라는 설을 뒷받침해주
고 있다는 것이다.

우리들이 당연시 여기고 있는 것들이 과연 당연한 것이었을까, 라는 질
문을 살며시 던져 본다.

리장고성에서 답을 찾아라.

　중국 윈난성에 위치한 리장고성은 소수민족인 나시족의 역사와 함께
있다.
고성전체가 아름다운 전통가옥으로 이루어져 있으며 그 안에서는 지
금도 사람들이 살고 가게를 운영하고 있다.
차마고도의 발상지라면서 아직도 쓰촨성과 윈난성은 차 재배의 원산
지로 자존심 싸움을 하고 있다.
그러나 최근 안타까운 소식도 접했다.
차보다 현재는 커피를 사람들이 더 마시고 있다는 이유로 차를 재배하
는 것보다 커피를 재배하는 것이 자본주의적 사고로는 더 유리하다고
생각해 차 재배지를 커피 재배지로 개량하고 있다는 것이다.
몇 백 년 된 차나무들이 사라지고 있다고 한다.
세상이 '돈' 중심으로 움직이고 있다는 것이 서글프다.
차 발상지라는 자부심과 자존심이 겨우 돈 앞에 무너지고 있음이 안타
깝기만 했다.

리장고성의 밤은 화려하다.

중국에서는 못 먹을 것이 없다는 표현처럼 무수한 재료들로 만든 음식들이 쏟아진다.

거기에 시원한 맥주를 마시면서 고성의 밤을 함께 즐겼다.

더욱 더 놀라운 건 이 고성 안에 나이트클럽이 있다는 것이다.

젊은이들이 화려한 불빛 아래 춤을 추고 있는 모습을 보면서 이곳이 사회주의 국가가 맞는 건지,

그리고 유네스코 세계유산으로 지정된 곳에 가능한 일인지 헷갈렸다.

물론 이 모든 것들도 나의 편협한 생각일 수 있다.

나시족은 모계사회로 이루어진 부족으로 일처다부제의 전통을 가지고 있는 민족이다.

그리고 동파문자라고 하는 상형문자도 가지고 있었다.

이 문자의 원시적인 아름다움과 함께 상형문자의 원형이라고 표현해

도 되지 않을까 생각해 보았다.

또 이곳은 최근 지진의 발생빈도가 높아지고 있는 곳이다.

리장고성이 지진에 의해 피해가 크지 않도록 건축물이 설계되어 있다는 사실을 알았다.

지진이라는 것이 과연 천재지변일까, 아니면 인재일까 라는 생각이 점점 들게 된다.

혹시 지구라는 생명체가 우리에게 주는 일종의 경고가 아닐까.

나를 그만 좀 괴롭히라는.

　중국은 현재 갈림길에 서 있다.

G2에서 G1으로 계속 나아가느냐, 아니면 미국패권주의에 밀려날 것이냐의 갈림길에 서 있다.

미래는 아무도 알지 못한다.

누구는 '슈퍼차이나'라고 하고 누구는 '중국의 미래는 없다'라고 한다.

그러나 분명히 안타까운 일은 그저 마천루를 향해서만 달려가고 있는 것처럼 보인다는 것이다.

우리나라의 경제성장시대와 같이 성장위주로 그리고 신도시위주로 나가려고만 하는 것 같아서 안타까움이 든다.

중국의 역사는 그것 하나만으로도 자산이고 상품이고 자랑이 될 수 있다고 생각한다.

그런 유산을 너무나 쉽게 허물고 높은 빌딩으로 부와 발전만을 보여주려고만 하는 것은 아닌지 생각해 볼 문제다.

남의 나라 걱정은 여기서 그만하련다.

　중국 아래의 베트남을 대단한 나라이자 민족이라고 표현한다.

중국의 침략에서도 미국과의 전쟁에서도 모두 패하지 않은 유일한 나라다.

물론 그 나라도 기득권층의 비리와 쏠림은 있을 것이다.

전에 TV프로그램에서 인터뷰한 장관의 말은 잊혀지지 않는다.

베트남도 한국의 새마을운동 비슷한 변화를 시도하고 있다고 했다.

그러나 그들은 전통과 유산을 보존하는 방향으로 나아갈 것이라고 했다. 그 변화의 속도가 조금 늦을 수 있겠지만 나름 울림을 주었다.

우리들이 흔히 표현하듯이 속도보다는 방향이 더 중요하다.

중국도 '리장고성'에서 답을 찾기를 바란다.

전통과 유산을 유지하면서 같이 잘 살 수 방법을 찾기를 바란다.

그 속도가 좀 더디고 가시적인 효과가 늦게 나타날지 모르겠지만

너무 빠른 속도의 성장은 반대로 빠른 속도의 침체도 가져올 수 있음을 상기시키면서, 자본과 인본이 어울리는 방향으로 나아가길 바라본다.

지구는 살아있다.

  브로모 화산에서 연기가 피어 오르고 있었다.
휴화산이 아닌 활화산이다.
아직까지도 생명운동을 멈추지 않고 있다.
지구가 숨쉬고 있는 것이다.
브로모 화산폭발로 생긴 화산재는 주위의 수십킬로까지 덮고 있었다.

  새벽 3시에 일어나서 일출을 보러 간다.
여행의 필수코스 중 하나가 되어 버린 일출과 일몰.

그 동안 얼마나 많은 각각 나라의 태양를 보았을까.

그러나 변하지 않는 진리도 있다.

내일은 내일의 해가 반드시 뜬다는 것이다.

　짚차를 타고 전망대로 올라가는 길.

올라가고 있는 차량의 수에 놀라지　을 수 없었다.

결국에는 수많은 차량에 길이 막혀 걸어서 전망대에 올라가기로 했다.

역시나 였다.

엄청난 사람들이 추위를 떨고 있으면서도 해가 뜨는 방향에 시선을 고정시키고 있었다.

시뻘건 해가 서서히 떠오르기 시작한다.

이곳 전망대에서 일출을 볼 수 있는 날이 1년 중에 많지 않다고 한다.

일단 이번 여행은 예감이 좋다.

　황홀한 일출을 뒤로 하고 브로모 화산으로 향하고

가는 길은 말을 타고 가기로 했다.

화산으로 올라가는 길에서 에델바이스 한 다발을 산다.

화산 분화구에 소원을 빌면서 꽃을 던지면 소원이 이루어진다는 전설이 내려오고 있었다.

이런 전설은 반드시 따라주어야 한다.

힘껏 던져 본다.

'내 소원은 통일' 이런 거대하고 건전한 소원은 결코 아니었다.

이 꽃이 분화구 쪽으로 무사히 가기를 바랄 뿐이었다.

　분화구 속의 시뻘건 용암은 전혀 보이지 않았다.

피어오르는 연기양이 너무 많아 결국은 흰 연기만 실컷 보고 내려온다.
내려오는 길.
화산 분출 후 굳어진 용암이 멋진 지형을 보여준다.
나에게 지금 이 멋진 풍광이 이곳 사람들에게는 공포의 대상이었을 것이다.
그들은 화산 분출이 신의 노여움이라 아직도 믿고 있다.
그러면서도 그들은, 또한 그들의 자손들은 이 주변을 떠나지 않을 것이다.

자연과 과학의 접점을 찾기는 쉽지 않다.
그들에게 단지 화산의 분출은 자연현상일 뿐이라고 설명을 하고 설득을 해도 그들은 결국 신으로 다시 귀의할 것이다.

브로모 화산은 또 활동을 시작할 것이다.
신의 노여움이 신을 사랑하는 사람에게까지는
미치지 않기를 진심으로 바라본다.

 숙소에 와서 화산재가 뒤덮은 몸을 깔끔하게 샤워로 씻어낸다.
적당히 따뜻한 햇볕과 깨끗하게 단장한 몸에 어울리는 짓이 있다.
바로 벤치에 앉아 따뜻한 햇볕과 함께 간지러운 바람을 맞으면서 책을
여유롭게 읽는 척하는 것이다.
이건 내가 좋아라하는 여(행의 이)유이기도 하다.

화산은 언제나 경이롭다.

 산이 살아 숨쉬는 곳에 서면 자연의 위대함과 함께 '나' 라는 존재가
점점 작아짐을 느끼게 된다.
이젠 화산을 내일 새벽에 가기 위해 도착한 숙소에 체크인 한 후
언제나 그렇듯이 동네 마실을 슬슬 나간다.
유황냄새가 후각을 자극한다.
동네 아래로 조금 내려가니 노천 온천탕이 눈에 보인다.
혹시나 하는 마음으로 들어가니 아직 문 닫을 시간이 조금 남았다고
한다.
그럼 당연히 입장료를 내고 여행의 피로함을 뜨거운 온천물로 푹 담궈
깨끗이 씻어내야겠다.
너무나 여유롭고 뜨거운 혼자만의 시간이었다.
1시간 동안의 온천욕은 내 몸에 대한 충분한 보상이 되었다.
몸 밖에 보상을 했으니 속에도 당연히 보상을 해야 한다.
이 뜨거운 열기는 더 차갑고 시원한 맥주로 식혀 주어야 한다.

눈을 감자마자 알람이 울린다.

새벽 4시에 이젠 화산에 가기 위해 출발한다.

현지 가이드와 함께 길을 나서는데 손수레를 끄는 사람이 주위에 많이 보인다.

가이드에게 무슨 용도냐고 물으니 화산택시라고 한다.

체력이 딸려 올라가기 힘든 사람을 위해서 손수레로 화산 입구까지 안전하게 데려다 준다는 것이다.

완전 수동 택시이다.

그 사람들은 한 명만 태워도 충분한 하루의 보상이 된다는 것이다.

우리 일행 중에도 몇 명이 이용한 듯 싶다.

현지인들의 생활에 도움이 되는 일이어서 나도 이용하고 싶었지만 그러기에는 아직까지는 내 체력이 너무나 양호하다.

어둠을 뚫고 정상에 가까워지자 유황냄새가 점점 짙어진다.

그리고 드디어 화산이 내 앞에 드러나는 순간.

역시나 너무나 아름다웠으며 너무나 경이로웠다.

일출을 보기 위해 더 올라가기로 한다.

서서히 떠오르는 태양이 모든 것들을 서서히 붉은색으로 변화시킨다.

이젠화산 아래에는 유황을 캐는 곳이 있다.

그 유황을 캐서 생계를 유지하는 사람들이 있다.

새벽 일찍 시작한 작업은 해가 뜨면 마무리가 된다.

그 무거운 유황덩어리를 가지고 수십 번 오르내리는 그들의 삶.

가져온 유황을 나도 짊어져 보았고

그 엄청난 무게에 깜짝 놀랐다.

누군가에게 화산은 여행의 일부이고
누군가에게 화산은 삶의 전부였다.
유황의 지독한 냄새와 연기 속에서 생계를 위해
80kg 의 무게를 견디어 내는 사람들…
그 하루의 대가는 1만원이 채 되지 않는다.

 난 지금 어떻게 살고 있는지 생각이 든 순간
갑자기 부끄러워지기 시작했다.

타지마할에서 사랑을 묻다.

인도 아그라에는 수많은 관광객을 불러 모으며 세상에서 가장 아름다운 건축물이라 불리고 있는 타지마할이 있다.

아그라에 무사히 도착했다.
찝찝한 기온과 바짝 바짝 타오르는 갈증이 나를 반겨주었다.
이 무더위를 식히려고 샤워를 하면서 비누칠을 한 것이 큰 실수였다.
온 몸을 덮은 비누칠을 지울 수가 없는 사태가 벌어지고 말았다.
석회질 성분을 가득 머금은 물로 인하여 씻어내려고 하면 할수록 석회질 물이 내 몸을 더 뒤범벅이 되게 만들고야 만다.
아. 완전 인도스럽다.
먹으려고 사온 생수와 물티슈로 겨우겨우 비누칠을 닦은 후,
개운한 기분이 아닌 찝찝한 기분으로 타지마할을 향해 오토릭샤를 타고 출발한다.

타지마할을 들어가기 위해서는 가지고 간 가방은 가져가지 못하고 모두 물건들을 보관실에 맡겨야 했다.
까다로운 검사 후 난 껌을 압수당한 후에야 들어갈 수 있었다.
수많은 사람들 속에서 사진을 찍어야 한다는 굳센 의지로 누구나 한다는 포즈까지 무사히 마치고 타지마할을 구석구석 구경 후, 부근의 카페에서 식사와 시원한 음료수로 더위를 식혔다.

타지마할은 무굴제국의 황제 샤 자한이 무척 사랑했던 부인인 뭄타즈 마할을 기리기 위한 무덤으로, 이 건축물을 짓기 위해 2만 명이 넘는 사람을 동원하여 22년 만에 완공되었다.
그리고 완공된 후 공사에 참여했던 모든 사람들의 손목을 잔인하게 잘랐다고 한다.
타지마할보다 더 아름다운 건축물을 만들려는 것을 막기 위해서라고 한다.

한 사람을 위한 사랑이 2만 명의 또 다른 아픔을 낳았다.

사랑은 아름답다 하지만 한편으로는 가장 이기적인 마음인지도 모른다. 오직 한 사람만 보이고 또 보이고 생각하고 또 생각하게 하는 그런 마음.

사랑과 집착 사이의 경계는 그렇게 허물어지기 쉽고, 사랑이 집착으로 변하는 순간 그 사랑은 파괴된다.

아그라 성은 타지마할과 야무나 강을 사이에 두고 북서쪽으로 마주 보고 있다.

붉은 사암으로 성채가 이루어져 있으며 타지마할을 축조하면서

너무 많은 재정을 낭비한 샤 자한이 말년에 그의 아들에 의해 이곳으로 유폐된다.

야무나 강 너머에서 타지마할이 가장 잘 보이는 무삼만 버즈에 갇혀 있다가 그는 끝내 숨을 거두고 말았다.

한 여인을 진실로 사랑한 샤 자한 황제.

그로 인하여 황제의 자리에서 쫓겨났고 수많은 백성을 죽음으로 내몰았으며 죽을 때까지도 한 여자만을 그리워하며 살았던 순정남이기도 하다.

아이러니하게 그 당시에는 제국의 재정을 파탄시킨 잔인한 황제였지만, 지금 인도 아그라 사람들은 그의 사랑과 그의 이야기와 그의 건축물에 혜택받으며 살아가고 있다.

아그라의 타지마할에서 고려시대의 공민왕과 노국공주의 사랑이 오버랩되었다.

한 여인을 너무나 사랑한 공민왕도 노국공주가 사망한 후에 그녀를 기리기 위해 사찰을 증축하는 과정에서 재정을 과도하게 낭비하고 백성의 원성을 사게 된다.

원나라 공주이지만 고려를 사랑했던 여인 노국공주.

공민왕이 노국공주를 더욱 더 사랑하고 그리워한 이유 중 하나도 고려를 사랑하는 마음이 서로 통했기 때문이 아니었을까.

아그라 성의 그늘진 잔디에서 휴식을 취하다가 성을 나오려는데, 외국인들이 나에게 어디에서 왔냐고 묻는다.

왜 묻는 거지? 라는 표정의 나에게 그들은 엉뚱한 부탁을 한다.

싸이의 '강남스타일'의 춤을 같이 춰주면 안 되겠냐는 것이다. 기념으로 한국인과 같이 춤추는 사진과 동영상을 찍고 싶단다.

난 당연히 거절했다.

왜냐하면 그때는 춤을 잘 추는 편은 결코 아니었으니까.

(지금 같으면 우리 지금 춤춰 당장 춤춰!)

그러나 그들의 끈질긴 설득과 꾐에 결국은 넘어가 모두가 보는 앞에서 강남스타일 춤을 추고야 말았다.

죽는 사람 소원도 들어 준다는데, 라면서.

푸쉬카르의 밤은 낮보다 아름답다.

인도 델리에서 '투성이'의 진면목을 맛보았다.
경적 투성이다.
먼지 투성이다.
사람 투성이다.
이런 온통 투성의 복잡함을 벗어나 푸쉬카르의 한적함에 여유를 찾았
다.

나름 호텔이라고 이름이 붙은 곳에는 수영장도 있었다.
물론 수질을 보고 감히 들어갈 용기는 나지 않았지만.
푸쉬카르는 인도 유일의 브라흐마사원이 있는 성지이다.
힌두교의 수많은 신 중에는 우리가 알고 있어야 할 3대 신이 있다.
바로 창조의 신 브라흐마,
유지의 신 비슈누,
파괴의 신 시바 신이다.

여기서 브라흐마는 창조만 하고 다음에는 나처럼 할 일 없는 백수의 신으로 가장 인기가 없다.

삶을 유지하게 만드는 비슈누신이나 파괴가 되어야만 다시 탄생할 수 있다고 믿어지는 파괴의 시바신은 넘사벽의 인기를 달리고 있다.

물론 아주 작은 시야로 본 것이겠지만 나에게는 시바신을 모시는 인도인이 가장 많아 보였다.

아마 지금의 삶에서 벗어나고픈 소망이 투영되는 결과라고 생각된다.

브라흐마사원은 이 도시의 가장 꼭대기에 있으며 가는 길의 호수 쪽은 힌두교 사원과 가트로 이어지고 있었고 길가쪽은 관광객을 맞이할 가게가 늘어섰다.

인도에 왔으니 또 현지화가 되어야 하지 않겠는가.

거금 3,000원을 주고 일단 초록색 인도 풍 바지를 사기로 한다.

나중에 빨래할 때 보니 물이 온통 초록색으로 물들었다.

긍정적으로 천연염색이어서 그럴 것이라고 굳게 믿기로 한다.

　나는 사막 낙타사파리를 하기로 한다.

2시간이 넘는 거리의 사막을 향해 간다.

나와 낙타의 길잡이를 해 줄 소년의 이름은 우젠다로

겨우 13살로 학교는 가지 못한 채 가난의 무게를 벌써 지고 있음이 측은하면서도 밝게 웃는 모습에 조금은 안심도 되었다.

　연암 박지원이 그렇게 보고 싶어했던 동물 낙타.

그는 낙타를 보고 이렇게 묘사한다.

'짧은 털에 머리는 말과 다름없으나 작은 눈매는 양과 같고 꼬리는 마치 소와 같이 생겼다. 다닐 때는 목을 움츠리고 머리를 쳐들어 마치 해

오라기 같고 걸음은 학과 같고 소리는 거위와 같았다.'
내가 탈 낙타는 등에 혹이 하나 있는 외봉낙타였다.
일어선 순간 그 높이에 잠시 놀랐지만 더욱 더 괴롭힌 건 움직일 때마
다 느껴지는 꼬리뼈의 통증이었다.
나중에 보니 꼬리뼈 부분의 살갗이 벗겨져서
며칠 동안 반창고 신세를 질 수밖에 없었다.

듬성듬성 풀이 난 초원지대를 건너 야영할 넓은 사막에 자리를 편다.
낙타 길잡이들이 커다란 냄비에 이름과 위생을 장담할 수 없는 스프를
끓이고 나는 장염의 위험을 무릅쓰고 어쩔 수 없이 저녁을 먹는다.
뭐 사방팔방이 화장실인데 무슨 걱정이 있겠는가.
내가 가장 하기 싫어하는 간단한 자기소개의 시간에 이어 누군가가 '별
이 진다네'의 여행스케치의 노래를 부르고, 누군가는 어두움 속에 더욱
더 빛나는 사막의 푸른 별빛을 안주 삼아 소주를 꺼내 든다. 자칭 주당

들은 한 잔을 얻어 마시기 위해 모여 든다.

취기에 기분은 좋아지고 피곤함으로 침낭 속으로 들어가 하늘을 본 순간 검고 검은 하늘에 박혀있는 별들이 눈 속으로 쏟아진다.

누군가가 말한다.

'참 아름다운 밤이에요'

푸쉬카르의 아름다운 밤은 이렇게 지나간다.

  이곳은 성지로 일체의 주류 판매가 되지 않는다고 한다.

삶은 이런 질서를 깨뜨리는 즐거움이 있어야 하는 법이다.

어제 감질만 나는 소주 한 잔으로 부족한 자칭 주당들은 오늘 다시 뭉치기로 했다.

그럼 나도 나름 준비해야 한다는 의무감에 식당가게에 들러 주인과 긴밀한 협상을 하게 된다.

보드카 한 병에 1,000루피(한국 돈 22,000원).

이곳 물가를 감안하면 엄청 비싼 편이지만 밀수품이니 과감하게 협상을 타결하기로 한다. 오토바이를 타고 1시간 거리를 갔다 와야 한다고 했다. 왕복 2시간으로 나는 그때 다시 가게에 들르기로 하고 2병을 주문했다.

그날 밤 이 호텔 수영장 구석에서 술 파티는 시작되었고

술이 익어가는 만큼 우리들의 관계도 같이 익어갔다.

옆에 있는 외국인들이 우리보고 시끄럽다고 불만을 터뜨린다.

그럼 술 마시는데 시끄럽지 어떻게 조용할 수 있겠는가.

  내 숙소는 이 호텔이 아닌 건너편이라, 돌아가려는데 너무 늦어서 대문을 잠가버렸다.

어쩔 수 없이 다른 사람 숙소에서 쪽잠으로 해결했다.

불편함으로 새벽에 일찍 일어났는데 수영장 물을 깨끗한 물로 갈아 놓은 것 아닌가.

숙취해소를 위해 새벽 6시부터 수영하고 다이빙하고 신나게 즐기는데, 어제 본 외국인이 나와서 소리치고 난리다. '니그들 조용히 안 해' 라며. 생각해보니 잘 한 게 하나도 없으니 좀 조용히 해 주어야지.

그러나 수영실력의 한계로 물장구치는 소리는 날 수 밖에 없었다.

그 외국인들은 이스라엘인으로 1주일 장기 투숙중이란다.

아침의 일로 미안하다고 했건만 아무 반응이 없다.

물론 용서치 못할 행동을 한 건 사실이지만…

새벽 수영의 결과로 몸살이라는 여행의 선물(?) 을 얻었다.

푸쉬타르는 11월에 열리는 낙타축제로도 유명하다.

예쁜 낙타 선발대회, 멋있는 수염낙타 선발대회 등 각종 낙타선발대회
가 있어 전국에서 낙타를 판매하기 위하여 수많은 상인들이 모여든다.
한 때는 수많은 낙타거래가 이루어졌으나 지금은 교통의 발달로 예전
만큼의 거래와 가격이 형성되지 않는다고 한다.
희망을 안고 몇 백킬로의 길을 걸어 찾아온 낙타 상인들이
다시 실망을 안고 돌아가야 할 그 길의 무게는 감히 짐작할 수 없음이
다.

  인도여행에서의 흔치 않은 여유로움.
그렇게 푸쉬카르는 낮보다 아름다운 밤을.
그리고 예기치 않은 몸살을 나에게 선물해 주었다.

다즐링에서 생긴 일.

　인도와 네팔의 경계에 위치한 2,000미터가 넘는 산위의 마을 다즐링
으로 향한다.
짚 차를 타고 올라올라 가는 길.
산 중턱의 아이들이 모여서 게임을 하고 있다.
그런데 돈 내기를 하고 있는 것이다.
난 깜짝 놀랐지만 그 애들은 그저 즐겁게 때로는 심각하게 게임에 열
중하고 있었다.

가난과 불평등를 해소하는데 가장 좋은 제도가 난 교육이라 믿는다.

세계에서 2번째 많은 인구를 가지고 있으며 고대 문명의 발상지이기도 한 인도는 아직도 과거에 머물고 있는 나라 중 하나로 나에게 각인되어 있다.

아마 카스트 제도는 법적으로는 사라졌지만 그들의 삶 속에는 이미 깊게 자리 잡고 있는 계급의 불평등이 남아 있기 때문일 것이다.

열심히 살 이유가 없는 것이다.

그 애들이 그냥 안타까웠다.

이곳은 홍차의 종류 중 가장 유명한 다즐링차의 원산지이다.

산속에 둘러쌓여 있어 휴양지로 유명한 곳이었지만 이곳 또한 수많은 관광객의 방문과 그에 따라 연식이 오래된 짚차의 출현으로 매연과 먼지가 점점 도시를 지배하고 있었다.

그런다 한들 어찌 인도 북부에 있는 다른 도시들의 공기와 비교를 할 수 있겠는가.

먼지의 폭풍흡입 부작용으로 시작된 기침이 이곳에서는 그나마 잦아들었다.
내 인도여행은 내내 기침과 장염과의 싸움이라 해도 과언은 아니었다.
인도의 먼지와 경적소리에 내 입과 귀가 참 고생이 많았다.

　오후에 다즐링 시내를 산책하는데 한국인 젊은 남자가 반대편에서 걸어온다.
네팔에서 인도로 넘어오는 길이라고 한다.
벌써 인도와 네팔을 5번째 여행 중이라고 했다.
직장생활을 하다 돈이 모이면 훌쩍 인도로 떠나곤 한다는 것이다.
그의 용기가 부럽고 그의 자유가 부럽고 그의 청춘이 부러웠다.
부러우면 지는 거다. 난 그냥 지기로 한다.
왜 자주 오냐고 물으니 인도는 끌어당기는 묘한 마력이 있다고 했다.
이런 먼지와 소음이 묘한 마력이라니 도저히 이해되지는 않았지만 그런 나도 어느새 인도를 3번이나 갔다 왔으니 묘한 마력이 있긴 있나 보다. (이때는 인도에 처음 온 여행이었다)

　다즐링에 벵갈 호랑이가 사는 유명한 동물원이 있다고 해서 우린 같이 구경 가기로 했다.
한국사회의 당연한 계산법으로 연장자인 내가 표 값을 계산하기로 한다. 매표소는 내국인과 외국인으로 구분되어 있었고 표 값이 무려 10배나 차이가 난다.
속으로는 나쁜 인도인들, 하며 서 있는데 안내인이 계속 나보고 내국인 매표소로 가라고 손짓하는 것이 아닌가.
내국인 쪽으로 계속 안내하는 그에게

'나 외국인이야. 잘 보라고'

소심하게 속으로 중얼거린다.

다즐링은 인도와 네팔 경계로 티베트인으로 보이는 사람들의 왕래가

잦은 곳이다.

그리고 난 티베트인과 묘하게 닮아 있었다.

내가 금방 현지인화 되는 그런 마력이 있기는 있나 보다.

정직한 한국인인지라 외국인 매표소에서 표를 사서 들어갔다.

정정당당하게 돈을 내고 싶단 말이다.

사라진 박타푸르.

인도와 국경을 접한 나라 네팔.
인도인은 네팔을 가난한 나라라 무시하지만 네팔인은 인도인과 비교
하는 걸 용납치 않았다.
아마 세상에서 가장 높은 산이 자기나라에 있다는 자부심이,
세상에서 가장 높은 나라라는 이러한 지긍심으로 나타난 것으로 보인
다.

그리고 한 네팔인이 나에게 했던 말은 뜻밖이었다.
'우리는 인도인과 다르다. 우린 정직하다'
그러면 인도인들은 정직하지 않다는 건가?
물론 인도 여행자에게나 현지 거주한 우리나라 사람들에게 자주 이런
말은 듣는다.
인도 사람이 친절하게 다가오면 무조건 의심하라.
쓸쓸한 말이지만 3번 인도여행의 경험에 의해 수긍할 수밖에 없었다.
물론 수수하고 착한 사람들도 분명 있었지만.

  네팔의 수도 카트만두에 있는 박타푸르 유적지에 들렀다.

너무나 아름다운 목조건물이 늘어선 골목길을 걷고 있노라면 과거로의 여행을 한 듯한 착각이 들곤 했다.

또한 유적지를 보존하고 바라보는 것이 아닌 그 유적지 건물에서 장사를 하고 있는 것이 인상적이었다.

2층 찻집에서 차를 마시면서 여유를 즐겼던 기억은 이제 다시 올 수 없을 것이라는 소식을 들었다.

네팔 지진으로 목조건물들이 무너졌다는 것이다.

그 아름다운 유적지가 사라졌음이 너무 안타까웠고 더욱 더 아픈 것은 그 안에 살고 있던 사람들의 삶의 터전이 사라진 사실이다.

  몇 년의 시간은 이렇게 훌쩍 지나갔다.

그나마 나중에 들은 소식으로는 박타푸르 유적지보다는

그 주변이 지진의 피해가 더 크다고 했다.

사라지지 않았으면 하는 것들이 있다.
옛 것들이 살아있는 유적지나
사람냄새가 나는 마음들.

박타푸르 2층 찻집에서 다시 따뜻한 차를 마시고 싶다.

몽골리언이 되어 초원을 달리다.

몽골, 러시아 여행을 가기 위해 몽골의 수도 울란바토르 가는 대한항공 비행기 안에서 에피소드를 하나 건졌다.
아마 당분간 먹을 수 없는 한국음식을 먹을 수 있는 마지막 기회인 기내식.
그러나 대한항공의 기내식은 맛이 없기로 악명이 높다.
평상시에는 국적불명의 음식이라 표현되는 기내식을 좋아하지 않지만 오늘 이후 20일 이상 먹을 수 없다는 생각에 내 식탐은 활활 불타올랐다.
그 말을 듣기 전에는.

순전 내 생각이지만, 우리나라 외모 지상주의의 표본(?)이라 할 수 있는 항공기 스튜디어스.
얼굴이 예뻐야 비행기를 잘 탈 수 있는지는 모르겠지만
하나같이 이쁘고 얼굴이 주먹만한 스튜디어스가 나를 바라보면서 하는 말은 '비빔밥하고 닭고기 소고기 중 무엇을 드릴까요' 가 아닌, '유

몽골리언?' 이었다. 오 마이 갓.

난 '아임 어 코리언' 이나 '나 한국 사람이에요'

라는 말도 하지 못한 채 그냥 멍하니 망연자실했다.

그리고 불타오르던 식탐도 한순간에 사라졌다.

이렇게 멋지고 세련된 몽골리언을 보았냐고 라고 외치고 싶었지만(몽골리언을 폄하하는 건 절대 아니다) 나의 행색을 돌아보니, 배낭여행 간다고 배낭족 같은 옷을 대충 입고 있었고 헤어스타일 또한 정리되지 않고 어정쩡한 길이로 충분히 그렇게 보일 만했다.

그리고 우리 민족은 원래 몽고계열이 아닌가. 반대로 생각하면 몽고인이 네가 어떻게 몽고인처럼 생겼냐고 할 수도 있겠다.

허약한 약골에 못 생겨서 한국인처럼 생겼구만, 하고 기분 나빠할 수도 있을 것 같다는 생각이 들었다.

　곰곰이 생각해 보니, 뭣이 중헌디? 뭣이 중하냐고.

어차피 우린 같은 지구에서 살아가는 겨우 같은 인간일 뿐인데.

　몽골의 초원을 달린다.

'물이 없는 곳'이란 몽골어에서 고비 사막은 시작되었다.

달리고 달려도 끝이 없이 펼쳐진 사막의 대초원을

옛 소련의 군용 지프를 타고 길이 아닌 길을 4박 5일간 달린다.

길을 잃어 새벽에 게르에 도착하기도 하고 오래된 차의 습성으로 인한 잦은 고장으로 인하여 길 위에서 무작정 기다리고 하고

차 펑크를 공기주입기로 열심히 해결하는 장면을 어이없이 바라보기도 하였다.

사막의 그 귀한 물로 대충 샤워를 할 수 있음으로 감동을 하고 하나의

불빛도 허락하지 않는 사막의 밤에 쏟아지는 별을 보면서 독하고 독한 보드카를 목에 털어 넘기는 호사도 누려본다.

저 별은 뉘 별이며 내 별 또한 어느 게요. 라는 노랫말을 흥얼거리며 은하수 또한 참 오랜만에 발견하기도 했다.

별은 항상 그 자리에 위치해 있다.

도시의 화려헌 불빛과 자본주의와 맞바꾼 먼지들로 눈에 보이지 않았을 뿐이다.

쌍봉낙타를 타고 옛날 대상들처럼 긴 행렬로 사막 위를 거닐어 본다.

역사상에 2번째로 큰 제국을 가졌던 칭기스칸의 후예들, 그러나 지금은 중국내 몽골자치구와 고비 사막이 국토의 대부분을 차지하는 몽골리아라는 나라. 화려한 제국의 영광들은 찾아볼 수 없었다.

이렇게 역사는 흘러간다.

사람의 삶도 흘러간다.

화려한 시절도 그렇게 결국은 사라지게 되어 있다.

코카서스로 가.

아제르바이잔 가 go
조지아 가 go
아르메니아 가 da.

자연과 문화와 맛이 공존하는 곳.
코카서스 3국.
아름다운 자연에 반하고
독특한 문화에 반하고
맛있는 와인에 반하다.

 8시간 만에 경유지 모스크바 공항에 도착했다.

비행의 피곤함은 언제나 변함없다.

그럼에도 나의 오지랖은 여전히 발휘되고야 만다.

환승하기 위해 줄을 서고 있는데 보딩패스에 확인도장을 받아야만 통과가 된다고 한다.

줄이 어디에도 없이 무질서함이다.

생존의 법칙에 따라 무질서에선 일단 밀어붙여야 한다.

나는 본능적으로 해결한다. 여행에서 나름 터득한 직감의 결과이다.

뒤에 있는 한국 여학생들이 어쩔 줄 모르고 서 있다.

나는 그녀들에게 '표 줘 봐요'… 그리고 무표정한 여직원에게 도장을 받아준다. 옆에 외국인 가족에게도 '줘 봐요.' 또 받아 준다.

오, 이 오지랖 어찌할거나.

이런 오지랖으로 인해 여행에서나 삶에서나 불편한 일이 참 많이도 생기기도 했지만 사람의 습성은 쉽게 변하지 않는다.

오지랖과 배려의 접점을 찾는 것.

이 경계를 지키는 것이 내 여행에서 내 삶에서 계속 풀어가야 할 숙제일지도 모르겠다.

그리고 환승에 남은 시간은 맥주 한 잔으로 깔끔하게 마침표를 찍는다. 맥주 값을 계산하는데 가격에 놀란다. 너무 비.싸.다.

아, 백수의 처지를 전혀 고려하지 않은 너무나 착하지 않은 가격이었고 확인을 제대로 하지 않은 내 불찰의 결과이다.

'모스크바, 넌 나에게 실망감을 줬어'

 아제르바이잔의 수도 바쿠에 무사히 도착하다.

불의 나라라고 불리는 나라의 수도다.

첫 이미지는 깔끔하다. 도시는 깨끗하고 사람들은 친절하다.

올드시티로 마실 나간다.

어린이들이 눈에 들어온다. 애들의 눈은 항상 맑고 순수하다.

그 똘망똘망하고 순수한 눈에 빠져든다.

같이 사진을 찍자는 애들의 부탁을 흔쾌히 들어준다. 어린애들에게 추억을 선물해 주고 싶었다고 나름 이유를 만든다.

테제바자르 시장구경을 간다.

시장구경은 언제나 지루하지 않다.

샤슬릭과 맥주로 점심을 해결하고 카스피해에서 사진도 찍고 잔디에
홀로 앉아 맥주 한 잔의 여유도 즐긴다.

올드시티와 뉴시티의 묘한 조화가 돋보이는 도시다.

골목골목 탐방에 소소한 재미가 있다.

여기에서는 흔하지 않은 극동의 전형적인 외모에 호기심과 호감(?)을
보여준다.

옷가게에 들려 바쿠에 어울리는 옷을 한 벌 산다.

여행을 즐길 준비는 완벽히 끝냈다.

바쿠 근처에 있는 머드 볼케이노는 진흙으로 된 화산이라고 해서 궁금증을 안고 출발한다.

도로가에는 택시들이 즐비하게 서 있고 흥정가격에 의해 하나 둘씩 출발하자 줄이 줄어들고 있었다.

택시를 타고 가는 길.

비포장도로의 덜컹거림과 택시기사들 간의 쓸데없는 속도경쟁으로 인한 과속까지 한마디로 스펙타클하나.

도착해서 본 진흙 화산은 규모에서 깜짝 놀라게 했다.

화산이 아닌 머드팩을 할 수 있는 정도의 규모였다.

그래도 일단은 이곳에 왔음을 사진으로 조작도 해 보고 증거도 남겨본다.

바쿠의 밤,

피날레는 역시 와인이었다.

내 여행은 힐링의 시작이면서 피폐함의 여행이다.

물론 그 원인은 바로 술이다.

근본적인 원인은 술을 좋아하는 내가 문제이다.

문제적 인간, 대니는 오늘 밤에도

기어이 와인에 취하고 말았다.

세키의 매력.

셰키로 가는 길은 다양한 볼거리와 풍광으로 지루할 틈을 전혀 주지 않는다.
바위와 조화를 이룬 수도원도 들르고
정원이 아름다운 모스크도 방문했다.
나는 수도원에서는 카톨릭 신자가 되고 모스크에서는 이슬람 신자가 되었다.
무신론자인 나는 결과적으로는 모든 신들에게 자유롭게 기도할 수 있는 자유를 얻었다.
물론 신들은 나의 이런 자유를 결코 용납하지 않겠지만.
신에 대한 인간의 사랑과 존경과 복종은 이렇게 경이로운 건물을 만들게 하였다.

셰키에 도착하여 숙소로 덜컹덜컹 거리면서 힘겹게 올라가는데 앞길에서 공사 중이다.
차가 멈춰 서서 아예 움직이지를 못한다.

결국은 걸어서 가기로 전격 결정했다.

도착한 순간 '우와' '와우' 감탄사가 절로 나오는 건축물인

카라반사라이가 내가 머무를 숙소였다.

실크로드의 대상들이 머문 곳으로 1층에는 낙타 및 동물들이 쉬는 장
소로 주로 사용하고 2층은 사람들의 숙소로 이용되었다고 한다.

지금은 모두 다 숙소로 이용되고 있었다.

난 사람이니 당연히 2층으로 배정되었다.

1층에서 기념품을 파는 조그마한 가게가 있어 들른다.

여기 사람들은 바쿠의 사람들과 전혀 다른 특징을 가지고 있었다.

민족적 특성이 보존되고 있는 순혈주의 느낌이 들었다.

가게에서 일하는 매력적인 아가씨가 나를 보더니 같이 사진 찍자고 부
탁한다.

그런 부탁은 언제든지 OK다.

짐 정리 후 칸사라이 궁전을 보러 가는 길에 셰키 청년이 나에게 말을 걸어 온다.

그것도 순 우리말로.

대학에서 한국어를 배우고 있다고 한다.

그냥 마음이 뿌듯하고 어깨는 절로 올라갔다.

궁전 관람은 10명씩 입장할 수 있었다.

스테인드 글라스 창문은 아름다웠다.

궁전은 서유럽의 유명한 궁전의 화려함에는 훨씬 미치지 못했지만 이런 소박함이 난 더 마음에 들었다.

궁전관람을 마치고 나오는 길에 두 소녀와 마주쳤다.

두 소녀 모두 짧은 머리와 부은 듯한 얼굴이었지만

너무나 밝은 모습이 눈에 들어온다.

그 소녀하고도 또 한 컷.

사진으로 담는다.

아제르바이잔에서의 내 인기는 계속 이어진다.

(어디서 장기하가 부르는 것 같다. '그건 니 생각이고')

극동의 전형적인 외모 특징을 가지고 있는 내 얼굴이 신기하면서도

이들과 통하는 그 무엇이 있다는 대책 없는 자신감이 올라온다.

셰키의 첫날 밤.

여가에서도 와인이 없는 밤은 결코 밤이 아니다.

길치인 나이지만 간절하면 통하듯이 동네가게에서 와인가게를 기어코 찾아냈다.

와인 오프너가 없는 나는 그 가게 주인에게 오픈도 부탁한다.

덤으로 얻어온 치즈안주에 레드 와인 한 잔, 아니 한 병.
그리고 난 어느덧 새로운 아침을 맞이하게 된다.

세키는 shake,

아침에 시끌벅적한 웃음소리와 떠드는 말소리에 방 밖을 나와 보니
많은 학생들이 보인다.

이곳으로 소풍 온 학생이라고 한다.

학생들의 생기발랄함으로 그냥 나조차 기분이 업되고 만다.

간단히 커피 한 잔으로 어제 과음으로 인한 속 쓰린 속과 헤롱헤롱한
정신을 맑게 한 후 버스를 타고 가야 하는 알바니아 교회를 향해 출발
한다.

이곳에서 버스로 출발해서 세키 시내에서 다시 버스를 갈아타야 하는
일정이다.

길치의 달인인 나로서는 조금 걱정이 앞서지만 일단 무조건 간다.

시내에 무사히 도착 후 버스 타는 곳을 찾아 이리저리 헤맨다. 드디어
버스정류장에 도착해서 가는 버스를 무사히 탔다.

버스정류장이라는 이정표는 당연히 없었고 차가 모여 있는 곳과 사람
들이 무리지어 있는 곳을 본능적으로 무작정 찾았다. 그곳이 버스 타

는 곳이 맞았다. 휴, 참 다행이다.

이곳의 버스는 봉고차 형태인 승합차로 운영되고 있었다.

자리의 우선순위는 노인과 여자였으며 남자는 가장 하 순위였다.

어디서나 사람 사는 곳의 에티켓은 비슷비슷하다.

이곳에 왔으니 이곳의 법을 당연히 따라야 한다.

서서 가는 내내 버스 천정 높이가 낮아 고개를 30도 각도로 비스듬하게 누일 수밖에 없었다.

　40분 만에 도착한 마을.

다시 고개를 정상적으로 세운다.

앞에 설산이 보이고 흙길로 꾸불꾸불 되어있는 마을이 정이 들고 마음에 든다.

교회를 찾아 또 헤매기로 한다.

다행인 것은 마을이 상당히 작아 금방 찾을 수 있다는 것이다.

교회 입장은 무료가 아니었다.

그래, 내가 지불한 입장료가 조금이나마 이 정감 있는 마을에 도움이 된다면야 기꺼이 '나 그대에게 드릴 게 있네'. 소액의 입장료이지만.

교회는 규모가 너무나 작아서 금방 다 볼 수 있었다.

교회 건축양식이 독특하면서 참 예쁘다.

마을 앞 의자에서 앉아 쉬고 있는데 현지인들이 옆에 앉는다.

말은 전혀 통하지 않지만 우린 같은 호모 사피엔스 종이니

친한 척 인사를 건네 본다.

무뚝뚝한 시골인상이 더 정겹기만 하다.

다시 셰키 시내로 버스 타고 돌아오는 길에도 내 목은 다시 30도로 꺾

인 채 40분을 버티어만 했다.
고생했다. 내 목아.
모가지가 길어서 슬픈 짐승이여… 가 아닌
모가지가 꺾여서 슬픈 대니여.

 시내 도착 후 시장구경을 간다.
소고기와 양고기 그리고 과일과 야채가 풍성한 장날이었다.
장이 생각보다 규모가 컸고 활력이 넘친다.
시장은 어디서나 사람 사는 냄새가 물씬 풍기는 곳이다.
과일을 아주 조금 샀다.
보람찬 하루 여행을 마치고 다시 숙소로 돌아오는 길에

저녁을 먹기 위해 그럴 듯한 식당으로 과감히 들어갔다.

손님은 단 한 명뿐으로 그 주인공은 바로 나였다.

이때 눈치를 챘어야 했다.

식당 주인은 터키에서 왔다며 한국과 터키는 형제의 나라라는 등, 말이 끊이지 않는다.

난 이 식당의 추천메뉴를 추천받아 주문했다.

결론은 완전 실패다. 가격은 엄청 비쌌고 맛은 엄청 없었다.

주인의 말 양만큼 음식의 맛이 좋았다면 얼마나 좋았을까.

형제의 나라 친구니까 특별히 이해하기로 한다.

　셰키 카라반사라이의 밤은 깊어 간다.

보름달이 이별을 예감한 듯 슬픈 표정을 짓고 있었다.

아, 그건 착각이었다.
와인에 취한 내 눈이 흐릿해져 그렇게 보였던 것이다.
shake~~ shake~~~
몸과 마음과 눈동자가 흔들리는 세키의 밤이었다.

아제르바이잔에서 조지아의 국경을 넘어오는 길은
조그마한 통로를 따라 한참 걸어야 했다.
조지아와 아제르바이잔 두 나라간의 사이는 좋은 편은 결코 아니다.
출국심사나 입국심사가 생각보다 까다로운 편이지만 나에게는 비장의
무기가 있었다.
불리한 질문이나 상황에서는 모르쇠로 대응하고 웃음으로 은근 슬쩍
넘어가는 전략이다.
아직까지 이 전략은 나름 성공을 거두고 있다.
민족의 다름과 종교의 다름으로 그들은 서로에게 호감이 아닌 비호감
의 관계를 아직까지 유지하고 있었다.
뭣이 중하냐고 마음속으로 중얼거렸다.
조지아 하면 조지아 커피가 생각나는데 그럼 이 나라는 커피의 원산지
인가? 당연 아니다.
조지아 커피는 일본 커피음료 브랜드일 뿐이다.

아, 일본이라? 볼매가 아닌 불매를 해야 하나.
원래 조지아 국가명은 그루지아였다.
그걸 영어발음으로 해서 조지아라고 부른다고 한다.

 테라비 도시는 포도 재배지로 유명한 곳이다.
당연히 와인 또한 유명하며 와이너리 투어가 별도로 있을 정도이다.
로마보다 더 먼저 포도와인을 만들었다는 설이 있다.

텔라비에서 맛의 기행이 와인이라면 멋의 기행은 바로 수도원 기행이
다.
독특하고 아름다운 양식의 수도원을 보고 있노라면 중세시대로 시간
이동한 느낌을 받는다.

조지아만의 건축양식 특색이 확실하다.

이곳은 개들도 방목을 하는 것 같았다.
송아지만한 개의 덩치에 처음에는 겁이 났지만 그들의 순하디 순한 눈
을 보는 순간 두려움은 사르르 사라졌다.
그리고 조지아 사람들을 좋아하기로 했다.
여행에서 깨달았는데, 사람들과 동물들의 눈은 많이 닮아 있었다.
개 눈의 순수함은 분명 이곳 사람들의 순수함에 따른 것이라는
내 마음대로의 결론에 이른다.

시내에 있는 성을 구경하기 위해서는 도시 위로 올라가야 한다.

시내 성곽에서 내려다본 텔라비 외곽의 모습과 자연경관은 완벽한 조화를 보여 주었다.

숙소로 다시 돌아오는 길에 시장에 과일을 구입하려고 들렀다.

앞에 있는 현지인이 나를 보고 갑자기 합장을 한다.

비니 쓰고 있는 극동의 동양인인 내가 스님으로 보였나 보다.

아니라고 손사래쳐 보지만 말이 통할리 가 없다.

바디 랭귀지도 통하지 않는다.

그래서 그를 따라 합장하고야 만다.

그리고 난

'옴 마니 반메 홈'이라고 읊조리고 만다.

시그나기의 소소함.

 시그나기로 가는 길은 좁고 꼬불꼬불한 산길이었다.
흔들거리는 몸과 비례하여 흔들거리는 내 몸 속의 것들.
흔들거림이 선물한 메스꺼움은 시그나기 동네에 도착하자 말끔히 사
라지게 된다.

 동네가 참 아기자기하게 예쁘다.
크지 않은 소소함이 일단 너무나 좋다.
마실 나가기가 좋고 내 주특기 중 하나인 길치가 될 염려가 전혀 없어

서 또한 더 좋다.

조지아에 기독교를 전파한 성 나노가 묻힌 보드베 수도원으로 걸어서
간다.

생각보다 먼 거리였다.

조지아 수도원은 결코 나를 실망시키는 법이 없다.

수도원이 위치한 곳은 어디서나 전망이 좋았으며 조지아 특유의 건축
양식으로 눈에 쏙 들어온다.

성 나노가 묻힌 곳은 비공개로 아쉽게도 볼 수는 없었다.

천주교 신자이신 어머니를 위해 묵주를 기념품으로 산다.

다시 시그나기 동네를 향하여 터벅터벅 걸어오는 길에서 음악소리가
들려온다. 본능적으로 음악에 이끌어 가니 아가씨가 음악에 맞추어 홀
로 춤을 추고 있다.

나 또한 같이 기어이 추고야 만다.

춤은 혼자가 아닌 함께 추어야 더 신나고 춤 맛이 난다고

그렇게 난 믿고 있다.

　시그나기는 성곽에 따라 이어진 마을이다.

완벽한 방어가 가능한 고지대에 성곽까지 이곳은 난공불락의 요새였
음이 확실하다.

성곽이 중간에 끊겨 있었지만 상당히 길게 이어지고 있었다.

이 길을 따라 쭈욱 내려가 본다.

아래 동네에서 할머니와 손자가 가게 앞에 나와 있어 오지랖이 상당한
대니는 반갑게 인사를 한다.

다시 내려가려고 하는데 그 손자가 나를 부르길래 멈춰 선다.

조그마한 선물을 주고 싶단다.

순수한 마음이 마냥 예쁘고 그냥 고마웠다.

시그나기를 떠올릴 때면 그 소년도 같이 내 추억 속으로 찾아올 것이다.

여행에서 사람을 만나고 짧은 인연의 시간이지만 사람에게서 따뜻함을 자주 느끼게 된다.

그리고 그 기억은 멋진 풍광보다도 더 가슴에 깊고 선명하게 남는다.

나도 우리나라에 온 여행자들에게 좀 더 따뜻함을 주는 사람이 되어야겠다고 다짐하게 된다.

다시 시내중심으로 올라오니 신나는 음악소리와 함께 춤을 추고 있는 젊은이들이 보인다.

결혼식 피로연인가 하며 가서 물어보니 대학졸업 파티 중이라고 한다.
홍 하면 나 또한 결코 빠지지 않는다.
그 동안 갈고 닦은 대한민국 막춤을 사정없이 보여주고 말았다.
음악과 춤은 세계 어디서나 사람을 통하게 하는 그 무엇이 있다.
말하는 언어보다 더 강력하게 서로를 이어주는 무언의 언어이다.

 저녁식사 시간,
석양을 바라보면서 로컬음식과 로컬와인으로
시그나기의 아쉬움을 달랜다.
로컬와인은 텁텁한 맛보다 달달한 맛이 더 강하고 그 와인 양 또한 상
당했다.
그리고 가격 또한 너무나 착했다.
덕분에 달달한 밤이었다.

 너무나 아름답고 너무나 경이로운 곳이었다.

그러나 신은 나를 사랑하지 않음이 분명하다.

도착할 때 잠깐 보여 주었던 카즈베기 설산은 안개와 구름사이로 모습

을 완전히 감추어 버렸다.

그리고 카즈베기의 파란 하늘을 쉽게 허락치 않는다.

내 삶의 궤적을 조용히 되짚어 보니
수긍이 되는 것 같기도 하고 조금은 억울한 것 같기도 하다.
간간히 내리는 비와 함께 트래킹을 시작한다.
요것 또한 나름 운치가 있다.
그리고 내가 언제 조지아 카즈베기의 비를 맞아 보겠는가.
라는 자기위안을 결국은 하게 된다.

카즈배기 산과 그 중턱에 딱 버티고 있는 성 삼위일체교회(Gergeti Trinity Church)는 조지아 여행의 배경으로 항상 장식되는 장면이다.
신에 대한 조지아 사람들의 사랑과 존경이 그대로 전해진다.

카즈베기 산은 그리스 신화에도 등장한다.
인간에게 불을 선물한 신인 프로메테우스가 제우스의 노여움으로 이 산 절벽에서 독수리에게 매일 심장을 쪼이는 벌을 받는다.
프로메테우스 신화는 인간의 사상이 신에게서 독립하는 것을 비유한다고도 한다.
그러나 인간은 항상 신을 만들고 그 신에게서 위안을 찾는 존재가 되어 버렸다.

떠나는 날 새벽에 창문에 맑은 하늘이 드디어 보인다.
나는 세수도 하지 않은 채 카즈베기 산을 향해 올라선다.
드디어 카즈베기 설산의 위용이 눈앞에 펼쳐진다.
그리고 덤으로 일.출.까.지 보는 행운을 얻었다.

신은 나를 완전히 버리지는 않았다.

코카서스를 가 213

형제를 만나다.

　조지아의 수도 트빌리시의 호텔에서 아침밥을 간단히 먹고 올드트빌리시를 가기 위해 호기롭게 지하철역으로 가는 길이었다.
역시나 가는 날이 장날이다.
오늘 하필 지하철 파업이란다.
요거 요거 큰일이다.
길치 전문가이자 포기 전문가인 대니이지만 그래도 가야 한다는 의무감으로 버스를 이용하기로 한다.
지하철 파업으로 버스요금이 무료라고 했다.
전. 화. 위. 복. 이다.
현지 승객들에게 물어 물어 올드시티에 겨우 도착한다.

　자, 이제 여유롭게 걸어볼까나.
성채에 올라가면서 우연히 만난 현지인 아가씨들과 서로 짧은 영어 실력으로 대화하면서 함께 올라간다.

성에서 한 눈에 보이는 트빌리시의 전경은 역시나 아름다웠다.

그리고 이 도시에서 나는, 여행 온 아르메니아 사람에게는 역사드라마 주인공인 '주몽'이 되었고 이란 사람에게는 '브루스 리'가 되었다.

오늘 이 곳에서 나는 국적을 초월한 버라이어티한 주인공이 되었다.

'주몽' 을 알고 있다는 것은 아르메니아에서도 한국 드라마가 방송되고 있다는 것을 의미한다. 한류의 인기를 실감하는 순간이었다.

이란인은 나에게 이란을 어떻게 생각하느냐고 물어보았는데 솔직히 이란은 내가 잘 알지 못하는 나라였다.

페르시아 문명의 흔적이 살아있고 미국과 친하지 않은 나라.

겨우 이 정도만 알고 있었다.

형식적이지만 최대한 예의를 다해서 '좋은 나라' 라고 추상적인 대답을 하고야 말았다.

올드트레비시에 이슬람 사원이 있다고 해서 또 찾아 나선다.

올드트레비시도 골목길이 좁고 얽혀는 있으나 크지는 않았다. 이리저리 헤매다 이슬람 사원을 발견했다.

이슬람 고유의 문양과 색으로 장식된 화려한 문이 돋보였다.

그러나 지금 이곳은 모스크가 아닌 호텔로 사용되고 있었다.

조지아의 종교는 정교인들이 대부분을 이루고 있다.

정교는 우리에게는 생소하게 들리지만 카톨릭의 한 문파로 정통교회라는 의미이다.

최초 카톨릭의 원형을 아직도 많이 유지하고 있다.

최초에는 성상숭배를 반대하였으며(지금은 인정한다) 성상화도 입체적으로 그린 그림이 아닌 단면적인 그림으로 초창기 카톨릭의 형식을 그대로 따르고 있다.

성당도 화려함과 규모의 성당이 아닌 좀 더 수수하게 지어졌다.

최초 교리와 최초 형식에 더 충실한 종파라고 할 수 있다.

맥주 한 병과 현지식으로 노천카페에서 여행자다운 늦은 점심을 먹고 또 버스를 타고 물어 물어서 무사히 숙소에 도착했다.

점점 길치의 능력을 상실해가고 있는 중이다.

호텔 안에서는 여행은 이래야 한다는 걸 보여주기 위한 퍼포먼스로 커피 한 잔과 함께 로비 카페에서 독서를 즐기는 설정을 실천 중이었다.

호텔 사장이 다가오더니 '오 마이 브라더' 라고 말한다.

오, 나에게 조지아인의 피가 흐르고 있었단 말인가.

커피 한 잔을 프리로 내 주더니 내 페이스북 계정에 자기호텔 홍보영상을 떡 하니 올려놓는다.

뭐 어때.

우린 이미 형제가 되었는데, 그리고 내가 형인데 라며 이해해 주기로
했다.

　뭐 이 정도쯤이야.

'위 아 브라더스'

'브라보'

불타오르는 비투미.

　도시 산꼭대기에 자리 잡은 전망대에서 바라 본 비투미의 도시전경
은 묘한 느낌을 주었다.

독특한 모양의 빌딩과 바다가 썩 어울리는 도시였다.

케이블카를 타고 다시 내려오는 길에

동승한 사람들은 이스라엘인들이었다.

이스라엘 사람을 어떻게 생각하느냐? 는 뜬금없는 질문을 나에게 던진
다.

솔직히 말 해 버릴까 잠시 고민했지만

머나 먼 타지인데

스마트한 사람이라고 훈훈하게 대답 후 케이블카 창밖으로 시선을 돌
리고 만다.

난 이스라엘인에 대한 편견이라면 분명 있다고 할 수 있다.

그들만의 선민사상도 좋아하지 않고, 팔레스타인 민간인들에게 폭격
을 가하고 죄 없는 생명을 빼앗고도 미안해하지 않는 그들의 뻔뻔함과

잔인함을 솔직히 좋아할 수는 없었다.

자기들이 겪었던 차별과 핍박의 역사를 다른 민족에게 똑같이 행하는 그들을 도저히 이해할 수 없었다.

　바투미 도시는 해변이 길게 이어져 있고 해안 곳곳이 모래로 되어 있어 해수욕을 즐기는 사람들이 많다.

그리고 식당 또한 나름 고급스럽다.

사람들은 그곳에서 여유와 휴가를 즐기고 있었다.

이 도시는 조지아의 대표적인 휴양도시이다.

나는 경제적 사정과 함께 이런 곳에 왔으면 사람냄새가 물씬 풍기는 곳에 가야한다는 여행자의 투철한 의무감으로 고급스러운 식당을 지나쳐 도시 외곽에 있는 어시장으로 걸어간다.

앗 나의 실수다.

가깝게 보였던 시장은 생각보다 훨씬 먼 길이었다.

겨우 겨우 도착했으나 피로가 순식간에 몰려온다.

시장에서 진열된 생선과 홍합을 사 가지고

요리하는 가게에서 맡기니 진수성찬이 뚝딱 나왔다.

오랜만에 생선과 조개요리와 화이트 와인 한 잔의 호사를 즐긴다.

그리고

바다 끝으로 향해

빨려 들어가는 석양에

점점 빠져들고 있었다.

바투미의 석양을 바라보며.

가장 아름다운 불길이었다.

서서히 번져가는 그 붉음에

두 눈은 활활 타오르고

가슴마저 뜨겁게 타오르는 저녁이었다.

바다마저 불길에 전염되고

출렁거리는 파도는

기어이 내 마음마저 흔들어 댄다.

해는 솟고 지고를 반복한다지만

언제나 경이로운 대상이다.

삶은 하루 하루 반복이다지만

나에게 남겨진 선물이다.

바투미의 하루의 해는 기어이 지고 말았다.
내일의 해는 또 떠오르고
내일의 해는 또 저물 것이다.

그. 러. 나. 오. 늘.
황홀한 불길의 석양은
내 생에 단 한 번뿐이므로
마지막까지 눈을 때지 못한 채
바다 끝을 끝까지 바라다본다.

　현대적 도시 비투미에서 다시 중세의 메스티아 마을로 시간이동을
한다.
가는 길은 좁다란 산길을 따라서 끊임없이 올라올라 간다.
동네가 참 아담하다.
숙소 앞에 보이는 거대한 설산에 압도되고 만다.
마을 곳곳에 탑처럼 생긴 건축물이 눈에 들어온다.
적들의 침입을 감시하는 망루역할과 식량 저장고로 사용되었다고 한
다.
숙소 안에 카페가 있어 신나는 음악과 함께 맥주 한 잔으로 일단 피로
를 풀기로 한다.

저녁은 동네마실 겸 식사하러 나갔다.

흥겨운 음악이 들리는 곳으로 저절로 발걸음이 따라간다.

라이브 음악이 있는 식당에서 결코 실패할 수 없는 메뉴인 구운 고기와 와인을 주문한다.

옆 테이블에 앉아 있던 한 가족들이 흥겨운 민속음악이 나오자 민속춤을 추기 시작한다.

우리나라 탈춤과 비슷한 것 같기도 하다.

일률적인 패턴으로 지치지도 않고 추는 그들과 우리들은 같이 어울리기 시작한다.

동서양 민속춤의 완벽한 조합이다.

식당에서 춤 파티와 함께 어울려져 나오는 환한 웃음소리가 진정한 여행자의 즐거움을 느끼게 해 주었다.

춤춘 후 앉으니 오늘의 메뉴인 먹음직스러운 음식이 드디어 펼쳐진다.

그리고 내 옆에는 송아지만한 개가 다가와서 살포시 엎드린다

내 눈을 애처로이 바라보는 그 개의 눈빛.

봐서는 안 되는 눈빛이었다. 연기의 달인이다.

기어코 그 개의 연기력에 굴복하고 만 나는 고기를 수시로 줄 수밖에 없었다.

그리고 딱 내가 먹을 양만 남아서 주지 않으니 슬슬 눈치를 보더니 옆 테이블로 자리를 옮긴다.

그리고 나에게 보여 주었던 애처로운 눈빛 연기를 또 선보인다.

옆 테이블의 그 사람들도 끝내는 그 개에게 고기를 주고야 말았다.

그 개의 눈빛연기는 압권이었다.

밤에는 동네 펍에서 민속공연이 있다고 해서 들른다.

공연 보는 것이 주 목적인지 술 마시는 것이 주 목적인지는 나 또한 헷갈리기 시작한다.

현지인들과 여행자들이 원을 그리며 서로 어울리면서 민속춤을 춘다.

그냥 춤을 즐기는, 지금 이 순간을 즐기는 사람들만 있을 뿐이다.

그리고 난 어느 순간 난 블랙아웃되고 말았다.

중요한 건 무사히 숙소에 들어왔고

무사히 잤으며

무사히 일어났다는 것이다.

'대니, 어젯밤에 넌 무슨 짓을 한 거니?'

오쉬굴리 산중턱의 들판에는 야생화 천지였다.

정원에서 곱게 자란 꽃보다 야생에서 자란 꽃에게서 더 강하고 질긴 생명력을 느낄 수 있다.

길들여지지 않는다는 건 자연적이라는 것과 일맥상통한다.

자연은 자연적으로 살아야만 진짜 생명의 아름다움을 뽐낼 수 있다고 믿는다.

저기 저 멀리 보이는 설산과 묘한 조화를 이룬다.

날씨마저 청명하다.

트래킹을 하기에 완벽한 배경과 완벽한 날씨와 완벽한(?) 체력이다.

설산이 눈에 점점 가까이 들어오고 겨우내 얼었던 빙하는 녹아 흘러흘러서 흐르는 물길을 가로막았다.

그 물은 기어이 빙하 속으로 파고들어 또 다른 물길을 만든다.

말도 한가로이 풀을 뜯으며 여유를 즐기고 있다.

이곳에서는 어느 곳을 보아도 하나의 수채화가 된다.

　자연은 여전히 아름다움을 뽐내고 있었고
나는
나름 나름… 인생 샷을 남.기.다.
눈이 녹아 내려 길이 없어졌지만
난 바지를 걷고 차디찬 계곡물을 과감히 건넌다.
너무나 차디찬 물의 촉감이 내 뇌까지 파고드는 느낌이다.
무사히 트래킹을 마치고 마을로 돌아왔다.
음식을 시키고 따뜻한 커피를 마신다.

　자연의 자연스러움에 눈이 행복하고
혀끝을 스치면서 넘어오는 뜨거운 커피에
가슴이 따뜻해진다.

　행복이란 이런 것이다.

지금 이 순간을
온전히 느끼는 것.
지금을
즐기는 것이다.
살아있음을 느끼는 것이다.

소원을 담다.

조지아 제2도시이자 콜키스 왕국의 옛 수도인 투빌리시에 오다.
마을을 한눈에 볼 수 있는 언덕에 조지아 특유의 양식으로 지어진 바
그라티 대성당이 위치해 있다.
대성당이라는 명칭답게 지금까지 본 성당 중 가장 큰 규모였다.
조지아 성당 내부의 성화는 언제 보아도 독특하고 너무나 아름다웠다.
소원을 빌 수 있는 양초에 촛불을 켜고 기도해 본다.
내가 알고 있는
그리고 사랑하는 사람들의 건강을 진심으로 소원해 보았다.

성당 밖 잔디밭에 우뚝 서 있는
커다란 십자가 옆에서도 또 기도해 본다.
다다익선이라 하였다.
질보다 양의 법칙을 믿으면서.
그러나 기도하는 순간만큼은 진심이었다.

언덕에서 내려다보이는 도시 전경을 내려다본다.

신도 이렇게 우리 인간들을 내려다보고 있겠지… 라는 생각이 찾아온다.

성당에서 내려오는 길에 모래를 달구어 커피를 내리는 노점상이 있어 한 잔 마신다.

쓰디쓴 커피 맛이 내 정신을 번쩍 들게 했다.

사람은 현실에 만족하지 못하며 살아간다.

이러한 사실이 사람을 더 불행하게 만드는 건지도 모른다.

다른 사람들과 비교하면서 스스로 더 비참하게 만들려고 애쓴다.

시간은 한정되어 있고 시간의 속도는 점점 빨라진다.

불행함을 느끼기에는 삶은 너무나 짧고,

그리고 결국에는 누구나 죽는다.

불행함을 행복으로 억지로 변화시킬 수는 없다.

단지 평범함을 일부러 불행함으로 만들지는 말기를.

행복이라는 파랑새만을 너무 좇지는 말기를

그저 바랄 뿐이다.

 다시 내 소원을 담아본다.
스스로 불행해지지 말기를
평범함을 즐기기를.

사는 건 나름나름 비슷하다.

아르메니아로 넘어오는 길은 조지아에 비해 도로가 너무나 좋지 않
았다.
또 국경의 차이를 실감했다.
코카서스 3국 중에 가장 가난하고 국토환경조차 가장 열악하다.
평지보다는 산지가 많은 나라다.
자연환경과 사람의 생김새가 다르게 느껴짐은 국경이라는 구분으로
인한 기분 탓인지도 모르겠다.

광산마을인 알라베르디에 도착한다.
위에서 내려다본 광산마을은 을씨년스럽다.
구소련 시대에 이곳은 광산업의 중심지였으나 지금은 쇠퇴의 길로 가
고 있는 마을이다.
만화 미래소년 코난에 등장한 폐허 공장과 비슷한 무거운 분위기를 자
아낸다. 무겁고 우울한 분위기와 공장 굴뚝에서 나오는 시커먼 연기가
더욱 더 분위기를 가라앉게 만들었다.

아르메니아의 성당 또한 조지아와 다른 분위기를 자아낸다.
각 나라마다 건축물은 독특한 양식을 가지고 있었다.
아르매니아는 세계에서 가장 먼저 카톨릭을 공인한 나라이기도 하다.

  간간히 내리는 비를 맞으며 동네 마실을 나간다.
동네 수퍼에서 아이스크림을 사서 먹고 마을 중앙에 자리잡고 있는 사
나힌 수도원에 들른다.
무척 독특하고 예쁘다. 그러나 내부는 어둡고 침침하다.
영화 '반지의 제왕'에서 난쟁이족이 사는 듯한 무겁고 신비로운 분위기
를 풍긴다.
이 수도원의 분위기는 어둡고 묘하고 신비롭다.
그러나 이곳에서 만난 소녀들의 밝은 웃음과 재잘거리는 소리는
역시 사람 사는 곳은 나름 비슷비슷하다는 생각이 들었다
우울한 첫인상에 대한 생각은 나만의 착각이거나
선입견이었음을 인정하기로 했다.
아니면 내리는 비로 인하여 기분이 더 가라앉았기 때문인지도.

기분이 쫙 내려앉는 이렇게 비 오는 날에는 당연 술이 어울린다.

식당은 찾을 수 없었고 조그만 식료품 가게에서 꽁꽁 얼어붙은 닭고기와 먼지가 아주 조금 쌓여있는 빈티지(?) 와인을 산다.

숙소 식당에서 닭고기를 녹이고

백숙인지, 닭도리탕인지 음식명을 도저히 정할 수 없었던 그냥 고기 요리와, 모든 요리들을 평준화시켜주는 와인 한 잔으로 허기를 해결한다.

배가 불러오기 시작하니 이곳의 무거웠던 첫 느낌들이 서서히 사라지기 시작했다.

결국은 배고픔이 문제였던 것이다.

결론적으로 여기 또한 자연과 사람들이

어울리면서 살아가는

사람들이 살아가는 곳일 뿐이었다.

산책의 정석 VS 늘의 정석.

  아름다운 세반 호수가 있는 마을에 반해 버렸다.
특히 어두운 풍경과 어두운 날씨를 만난 후 이곳을 보니 아름다움은
배가 되었다.
호숫가의 수도원은 개양귀비와 야생화들로 완벽한 조화를 이루고 있
었다.
1시간 정도의 산책은 향기로운 꽃향기에 홀리게 하고 수도원 건물의
아름다움에 홀리게 하는 충분한 시간이었다.
날씨마저 파란 하늘 본연의 색을 서서히 드러내기 시작한다.

  숙소는 세반 호숫가에 위치해 있었다.
호수물결이 찰싹찰싹거리며 육지를 오고 가면서 내는 소리가 다 들릴
정도로 호수와 맞닿은 곳에 있었다.

그러나 문제는 이 숙소 외에는 주위에 아무것도 존재하지 않는다는 사실이다.

호수주위를 아주 천천히 산책한다.

지금 내게 남은 건 오직 시간뿐이다.

그래서 숙소식당에서 저녁식사를 일찍, 아주 천천히 하기로 한다.

세반호수에서 유명한 요리인 송어구이와 화이트 와인으로 우아하게 먹고 마신다.

송어구이와 화이트 와인의 완벽한 궁합,

오늘 하루만은 미식가가 되어 보기로 한다.

오늘 밤 또한 길고 긴 밤을 보내야 하겠다.

그렇다면 주당들은 모임으로 화합해야 한다.

결과적으로는 거우 세 명이 모였다.

레드 와인과 화이트 와인을 섞어 다 마시자 아쉬움이 남는다.

같이 술 마시던 현지인 운전기사.

본인이 아껴 마셨던 보드카를 차에서 가지고 온다.

모든 술이 마침내 바닥을 드러냈다.
그리고 내 기억마저 마침내 사라지고 말았다.

 그 다음날 아침.
운전기사가 나를 보고 웃기만 한다.

 왜?
물론 그 이유를 나는 전혀 짐작조차 할 수 없었다.

아르메니아의 슬픔.

 아르메니아 수도이자 세계에서 가장 오래된 도시 중 하나인 에레반
은 또 다른 아르메니아를 보여준다.
세련된 현대식 건물과 세련된 아르메니아 사람들.
가는 도시마다 각각 다른 모습을 나에게 보여준다.

 성경에 나오는 노아의 방주의 배경이 되는 아랏랏산은 터키에게 빼
앗겨 국경에서 바라 볼 수밖에 없었다.
아르메니아 인에게는 성스러운 산이었다
아랏랏산을 바라보며 서 있는 성당이 애처로워 보였다.
사람이나 나라나
힘이 없다는 건 현실에서는 아픔이자 슬픔이다.

 공원에 산책하는데 시끄러운 함성소리가 들린다.
러시아 월드컵 예선전인데 러시아를 열렬히 응원하고 있었다.

아이러니한 일이었다.

러시아의 지배에서 벗어나 독립한 나라가 지배했던 국가를 응원하다니 솔작히 이해가 되지는 않았다.

푹신한 의자에 누워 생맥주 한 잔을 마시면서 그들과 같이 응원하였다.

숙소로 오는 길에서는 신나는 라틴음악소리가 들린다.

거리에서 단체로 춤을 추고 있다

흥 많은 대니. 가만히 있을 수 없다.

같이 흔들고 또 흔들어 댄다.

꼬마 녀석이 자기를 따라하라며 나에게 신호를 준다.

애야, 나도 따라하고 싶단다.

다음 날은 애레반 남동쪽에 위치하고 있는 태양신전 가르니 사원탐방이다.

아르메니아에서 신전이라니 생뚱맞다.

역사의 사실은 이렇게 건축물로도 흔적을 남긴다.

이곳이 바로 고대 로마의 영토였음을 이 신전이 알려주고 있었다.
현지 남정네 서너 명이 앉아 터키식 커피를 마시고 있었다.
나하고 눈이 마주친 순간 나에게도 한 잔 권한다.
역시나 쓰디 쓰다. 다 마신 잔에는 녹지 않은 커피찌꺼기가 가득 남아
있었다.
그래도 성의가 패씸하니 한 방울도 남김없이 깔끔하게 마신다.

 신전보다 더 멋있고 경이로운 곳은 그 아래 길에 펼쳐진다.
주상절리로 조각된 절벽이 압권이다.
하늘로 쭉쭉 뻗은 사각기둥의 무리들이 웅장하게 버티고 있었다.
세상의 어떤 조각품도 이렇게 아름답게, 정교하게, 자연스럽게 표현하
지는 못할 것이다.
자연은 이렇게 자연스러움으로 사람마음을 자연스럽게 사로잡는다.

 마을로 올라와서 버스를 기다리는 중에
발레교습소에서 여자아이들이 무리지어 나온다.
아이들은 그냥 밝고 이쁘다.
나도 발레포즈를 같이 취해보고 그 애들과 함께 사진도 담는다.

 에레반의 밤은 화려함 그 자체였다.
한 밤중에 펼쳐지는 형형색색의 화려한 분수 쇼가 시작된다.
클래식 음악에 따라서 움직이는 물의 솟구침과 색깔의 변화는
나의 모든 생각과 고민을 앗아가고 있었다.

중미로 가.

멕시코 가 go
과테말라 가 go
벨리즈 가 go
쿠바 가 da.

쿠바에서 그녀와 춤을 추고 싶었다.
흔들리지 않고 피는 꽃은 없다고 했다.
흔들리지 않고 추는 춤 또한 없다.

내 여행은 흔들림이다.
익숙함을 흔들고
내 속에 숨겨진 본능을 흔든다.

중미는 이런 흔들리는 내 본능을 허락해 주었다.

　내 여행 버킷리스트 중 하나는 살사의 본 고장 쿠바에서 살사를 멋지
게, 신나게 흔드는 것이다.
'춤추라, 아무도 바라보고 있지 않은 것처럼'
요따위 무아지경 속으로 빠져드는 것이다.
그러기 위해서는 우선 쿠바에 가야만 한다.
이 기나긴 비행의 시간을 쿠바라는 한 나라에만 국한한다는 건 분명 아니다 라는 '가성비 갑 법칙'을 따라서, 여행에 쿠바 외 중미 3개국을 포함시키기로 전격 결정했다.

미국을 경유하지 않고 멕시코시티로 직항하는 아에로 멕시코 편으로 떠난다.

승무원부터 남다르게 영어 대신 스페인어만 사용한다.

일단 마음에 든다.

아쉬운 사람이 현지어를 배우면 된다.

내가 여행을 위해 언어공부를 한 건 이번이 처음이었다.

생존형 언어실력과 뻔뻔함으로 여행을 겨우겨우 다녔었고

지금까지 생존하는 데는 전혀 문제가 없었다.

그러나 중미는 그 짧고도 짧은 영어회화마저도 잘 통하지 않는다는 소문을 들었다.

스페인어 300문장 무조건 외우기에 도전했다.

단어 무시, 문법 무시, 오직 문장 300개만 내내 외우고 또 외웠다.

14시간의 기나긴 비행은 무사히 끝났다.

입국심사는 당연히 패스,

세관심사도 당연히 패스할 줄 알았는데 세관원이 나를 붙잡는다.

정밀검사 대상자라며 사무실로 끌고 간다

왜(Por que)? 현금 과다보유로 보인다는 것이다.

참 어처구니없는 일이 아닐 수 없다.

직업이 완백(완벽한 백수)으로 나도 돈을 많이 가지고 싶다. 진심으로.

환전하기 편하게 소액권을 많이 가지고 있어서 부피가 커 보였나 보다.

가지고 있는 모든 돈을 꺼내 보여 달라고 하더니

그녀는 역시나 돈의 액수에 무척이나 실망한 눈치였다.

괜히 미안해진다.

내가 돈이 있게 보이는 부티가 팍팍 난 행색이었거나

아님 돈 세탁 전문 범죄자로 보이거나.

당연 난 전자라고 확신한다. 부티 팍팍나는 대니.

택시로 숙소에 무사히 도착했다.

내가 머물 숙소에 룸은 멕시코 최대 축제인 '망자의 날' 축제로 인하여 도미토리만 남아 있었다.

부티는 나지만 돈은 별로 없는 나에게는 최상의 조건이다.

소낄로 광장의 대성당에 먼저 들러 일단 성모 마리아님께 진심을 가득 담아 기도를 드린다.

이번 여행, 무사히 건강하게 마칠 수 있게 해 달라고.

들어주실 거죠. 반드시, 꼭이요.

기도가 어째 떼쓰는 쪽으로 가버린 느낌이다.

너무나 장시간 비행과 저질체력으로 피곤함이 급 몰려온다.

그래 관광은 내일부터 본격적으로 하는 거야. 라며 숙소로 컴백, 그대로 침대 위에 쓰러지고 만다.

잠결에 우르르쾅쾅 내리치는 천둥소리와 함께 쏴아아 쏴아아 쏟아지는 빗소리가 엄청 크게 들려오기 시작했다.

꿈인지 생시인지 난 여전히 비몽사몽 중이다.

나중에 확인해 보니 꿈이 아닌 현실임이 밝혀진다.

새벽에 엄청난 덩치의 외국인이 룸으로 들어오더니

불을 켰다 껐다, 사물함을 열었다 닫았다,

참 예의없이 시끄럽게 군다.

'이 놈의 자슥이' 라며 한마디 쏘아 붙이고 싶었지만 엄청난 그의 덩치
에 감히 엄두가 나지 않는다.

아니다. 결코 겁이 나서가 아니다.

인간적으로 성숙한 내가 참아주기로 한 거다.

'너 다행인 줄 알아 임마'

참 인.간.적.인. 대니다.

내 여행은 다분히 충동적이다.

내 삶 또한 충동적으로 살아가고 있는 중이다.

꼼꼼하지 않은 성격과 무계획성이 바로 내 본질인지도 모르겠다.

우린 삶의 목표를 정하고 또 계획을 세움으로써 삶의 의미와 보람을 느끼곤 한다.

그 삶의 목표는 나름나름 비슷비슷하다.

사람들이 삶의 목표를 달성하기도 쉽지 않지만 이루고 난 후에 허탈함이 찾아 오는 경우를 많이 보았다.

대부분 물질적 성공을 목표로 삼기 때문이다.

시간을 담보로 겨우겨우 보편적으로 부르고 있는 성공을 거두었지만 성공 이후의 삶에 대해서는 별로 생각해 보지 않는다.

습관이라는 건 생각보다 무서운 놈이다.

갑자기 돈을 맘대로 쓰고 싶다고 해서 쓸 수 있는 게 아니다.

그래서 난 변하기로 했다.

흔히 말하는 물질과 경험을 교환하기로 한 것이다.

덕분에 통장잔고는 급격히 줄어들고 있지만 내 삶의 후회는 점점 옅어지고 있다.

가고 싶은 곳은 그냥 가면 된다.

그리고 가서는 그냥 즐기면 된다.

삶도 이렇게 그냥 즐기면 된다.

시간을 대체할 수 있는 걸 난 아직까지는 보지 못했다.

　새벽부터 잠을 설친 결과는 참담했다.

여독과 잠을 설친 결과로 피골상접한 몰골과 팬더곰표 눈덩이를 한 채 피로회복제인 커피 한 사발을 단숨에 흡입한다.

아 알싸한 커피 향과 씁쓸한 커피 맛이 식도를 타고 몸 안에 스르르 퍼지기 시작하니 조금은 살 것 같았다.

이번 여행을 함께 할 30일간의 여행자들과 만났다.

그들은 나보다 11일 더 먼저 여행을 시작하였고, 파나마와 코스타리카 여행을 마친 후 멕시코로 넘어왔다고 한다.

　마야의 도시였던 테오티우아칸 문명의 중심시로 향한다.

버스를 타고 기사에게 물어 물어서 무사히 내렸다.

같이 내린 멕시코 여학생들의 얼굴엔 해골 문양이 화장되어 있었다.

멕시코 최대의 축제 '망자의 날' 이 시작되었음을 알 수 있었다.

해골 문양 화장이 섬뜩함을 주었지만, 죽음을 하나의 축제로 즐기는 멕시코인들이 또한 멋있게도 보였다.

삶은 죽음이고 죽음은 삶이다.
삶과 죽음은 서로 이어져 있다.
천병상 시인은 삶을 소풍으로 비유했고
소설가 이청준씨는 죽음을 축제로 표현했다.

 태양과 달의 피라미드에서 바라본 전경은 경이로움 그 자체였다.
이렇게 거대하고 정교한 건축물을 만들 수 있었던
그 시대의 건축술과 과학과 수학의 수준이 궁금해졌다.
과연 그 시대에 가능한 일이었는지와 함께 이 건축물을 짓는데 동원된
피지배자들과 노예들의 거친 숨결이 전해왔다.
태양의 신전 중심에 조그마한 홈이 파여 있는데 그 홈에 손가락을 짚

고 다른 한 손으로는 태양을 가리키면 소원이 이루어진다고 했다.
그럼 당연 해야지.

　태양의 신을 최고의 신으로 여긴 이집트 문명에서도 여기와 같이 피
라미드를 건축하였다.
전혀 다른 대륙에서 나타나고 있는 종교와 건축물의 유사성을 어떻게
설명할 수 있을까?
아주 옛날 옛날에 지구가 하나의 대륙으로 연결되어 있었을 때 이 두
문명의 조상은 같은 뿌리에서 시작된 게 아닐까… 라는,

내 맘대로 그럴듯한 추론을 해 본다.

유적지 앞 기념품 가게에 들러 멕시코 특유의 문양이 있는 스카프와 해골 문양이 그려진 티를 샀다.

멕시코에 왔으니 현지인 코스프레는 해 봐야 한다는 생각에.

멕시코시티에 다시 입성하여 국립박물관에 있는 디에고 리베라의 민중벽화를 감상한다.

디에고 리베라와 프리다 칼로의 비극적 사랑 이야기는 아직까지 가슴 아프게 전해오고 있다.

좀 더 직설한다면 바람둥이 리베라로 인하여 칼로가 비참해진 이야기 이지만.

사랑의 감정은 언제나 아름답지만은 않다.

오래 참고 온유하지도 않다.

사랑이라고 명명한 수 많은 것 중에는

'슬프고 아프고 비참하다'도 포함이 되어 있다고

나는 생각한다.

멕시코의 밤은 점점 깊어 가고 있었고 우리는 한국에서도 개봉되어 흥행했었던 애니메이션 영화 '코코' 의 배경이 되었던 공동묘지를 향하여 출발한다.

그 길은 생각보다 훨씬 멀었고 생각보다 무척 험했다.

지친 심신을 끌고 도착한 그곳에서는

무시무시하게 변신한 현지인들이 우리를 기다리고 있었다.

노점상에서 로컬음식(한국의 빈대떡 같은)을 먹으면서 현지인과 어울린다.

역시나 대니의 친화력은 갑중의 갑이었다.

Que rico. 맛나다.

  죽음은 인간에게 있어 공포의 대상이다.

사후세계를 전혀 알 수 없음으로 오는 두려움이 종교를 창조했다.

신이 인간을 창조했는지 인간이 신을 창조했는지 헷갈린다.

종교의 교리는 현재보다 내세 중심에 있다.

현재 삶의 소중함보다 사후세계를 위해서 기도를 드리고 신을 섬기게
한다.

물론 나도 죽음이 두렵지 않은 건 아니다.

그러나 한 번 뿐인 삶이라고 믿고 있다.

행여 다른 삶이 있다고 한들 기억에 없는 삶은 내 삶이 아니라고 생각
한다.

지금 내가 살고 있는 삶에 충실해야 할 이유이자 좀 더 재미있고 즐겁
게 보내야 할 완벽한 이유이기도 하다.

  밤늦게 숙소에 도착하자

어제 그 무지막지한 덩치의 외국인과 눈이 마주쳤다.

오, 이런 젠장!

멕시코 축제의 도시 오아하까는 우리를 열렬히 환영해 주지는 않았다. '망자의 날' 축제 기간으로 숙소 컨펌을 하지 않았다는 단지 그 이유 하나만으로도 숙소예약은 일방적으로 취소되어 있었다.

여행이 계획대로만 된다면 그건 여행이 아니다.

삶이 계획대로만 된다면 그건 삶이 아니다.

예측 불가능성으로 인하여 여행은, 삶은 어려움을 겪기도 하지만

이러함으로 즐거움과 희망이라는 선물도 가끔은 얻기도 한다.

우리팀은 낙동강 오리알 신세로 전락하고야 만다.

시내에 있는 숙소를 구글앱과 호텔앱 등 모든 것들을 동원하여 2시간만에 겨우겨우 방을 구했지만, 우리 팀은 두 팀으로 생이별을 하게 된다. 아주 늦은 저녁식사를 해결하기 위해 먹이를 찾아 헤매는 하이에나처럼 어슬렁어슬렁 돌아다닌다.

문이 열려 있는 식당이면 무조건 들어가기로 한다.

그리고 무조건 먹는다는 미션을 무사히 마쳤다.

그 다음 날 아침, 오아하까 도시가 한 눈에 보이는 몬테 알반 유적지를 향해 출발하기로 한다. 시간적 여유로 아침을 해결하기 위해 시장으로 직진, 내가 앉은 식당 옆 가게에서 멕시코 국민 술인 메즈칼을 판매하면서 시음도 같이 하고 있었다.

물론 시음은 내가 좋아하는 공짜였다.

참새가 방앗간을 그냥 지나치면 새가 아니듯이,

대니가 술을 그냥 지나치면 대니가 아니다.

연거푸 세 잔을 원샷한다. 증류주라 알콜도수가 장난이 아니어서 이른 아침부터 알딸딸함을 경험하기에 이른다.

역시 아침술의 위력은 대단했다.

해장커피 한 사발을 쭈우욱 들이키고 드디어 출발한다.

술은 내 삶에서 최악의 요물일 것이다.

술로 인하여 무수히 많은 실수를 하게 되었고 몸은 몸대로 망가지고 있는 중으로 현재도 진행형이다.

나에게도 청춘은 있었다.

그 청춘시절, 술 마시는 가게에 땡중(?) 이 들어오더니 다짜고짜 내 사주팔자를 봐 주겠다고 했다.

과거의 삶을 예상외로 잘 맞추더니 '자네는 술 때문에 삶을 망치겠어' 라는 누구나 아는 진실을 툭 던지더니 복비를 잽싸게 받아 간다.

당연 술은 몸에 좋지 않고 마음에 좋지 않고 입에도 좋지 않다.

나라도 이렇게 뻔하고 뻔한 정답일 수밖에 없는 말은 할 수 있겠다.

아직까지 술의 유혹에서 나는 벗어나지 못하고 있다.

'인생은 나에게 술 한 잔 사주지 않았다' 시가 있다.

그래서 인생대신 난 나에게 끊임없이 술 한 잔, 또 한 잔, 또 또 한 잔

사 주면서 이렇게 살아가고 있는 것이다.

　몬테 유적지는 아메리카 대륙 최초로 건설된 계획도시라고 한다. 유네스코 문화유산으로도 등재되어 있다.
청명한 날씨와 뭉게뭉게 피어있는 구름까지 모든 배경은 완벽하다.
천천히 구경하고 나오는 길에 한 세뇨라가 나에게 '미 아미고(mi amigo)' 란다. 언제 우리가 친구였단 말인가.
바로 지금이다.

이것 또한 인연이라고 생각한다.
서투른 스페인어로 꽤 오랫동안 대화를 하고 꽤 오랜 친구인 척 다정
하게 사진도 찍는다.
이렇게 나는 그녀에게 '미 아미고' 가 되었고
그녀는 나에게 '미 아미가' 가 되었다.
우리 친구 아이가.

 오아하까의 밤은 후끈 달아올라 있었다.
시내는 망자의 날 축제 분위기로 흥분의 기운이 가득 찼고 현지인과
외국인들이 한데 어울리면서 클라이막스를 향하여 치달고 있었다.
한 춤 하는 대니.

당연 그 축제의 중심 속으로 빨려 들어간다.
그리고 자칭 나름 인기 있는 캐릭터로 등극하게 된다.

　춤과 음악은 사람들을 친하게 하는 그 무엇이 있다.
소통하게 하는 무언의 언어이다.
이 끈끈하고 화려한 축제의 밤 피날레는
살사 바에서 끈끈한 살사 춤으로 깔끔하게 마무리하기로 한다.
살사스텝이 내가 배운 스텝과 전혀 달라서 헤매기도 했지만
춤은 그냥 즐기면 된다.
삶은 그냥 즐기면 된다. 라는
요따위 마음으로.

　화려한 밤의 여운은 쉽게 가시지 않았다.

열정적이고 환상적인 밤이었다.

그러나 과거는 과거일 뿐, 어제는 어제일 뿐이다.

새로운 하루는 당연 새롭게 맞이해 주어야 한다.

오늘은 오아하까 근교 투어를 하기로 한다.

승합차에 우리 팀과 외국인 팀 등 다국적 팀이 어울려서 출발한다.

어벤져스 팀이라고 내 맘대로 명명한다.

세계에서 두 번째로 큰 나무 툴레를 보러 간다.

세계에서 두 번째가 정말 사실일까. 인간들이 이 세상에 있는 모든 나무들을 다 확인했단 말인가?

쓸데없지만 합리적인 의심이 든다.

나무는 울타리 안에 갇혀 있었으며 들어가려면 입장권이 필요하다고
한다.

프리가 아니라는 단 한마디에 그럼 당연 패스다.

공원 저 쪽에서 신나는 음악소리가 들려오고 난 본능적으로 발걸음을
그쪽으로 향한다.

원을 이루면서 춤추고 있는 그녀들의 무리 속으로 무조건 직진이다.

어젯밤 아주 조금 남은 아쉬움을 뒤풀이하기로 한다. 쑥스러워하는 세
뇨라들과 노래에 맞춰 춤을 춘다.

시도 때도 없이 끼어드는 이 눈치 없음은 여행에서만 가능한 일일 것
이다.

뻔뻔한 대니, fun fun 한 대니다.

　오아하까의 파묵칼레라 불리는 이에르베 엘 아구아에 도착했다.

수직으로 떨어지는 아찔한 절벽 위에 석회질 물로 이루어진 웅덩이들
이 모여 있었다.

터키의 파묵칼레와 비슷한 듯하지만 전혀 다른 아름다움이 있었다.

나도 그 웅덩이 물에 발을 담가보고, 꼬마 숙녀와 3개월간 익힌 단기숙
성 스페인어로 말도 걸어 본다.

그 아래에서 올라다 본 절벽은 위의 느낌과 확연하게 달랐다. 기대가
작음으로 인해 더 경이롭게 보였는지 모르겠다.

여행이나 삶이나 기대가 크면 실망이 큰 법이다.

기대를 낮추는 연습을 하면서 살아야겠다.

　사진은 뒷태 위주로 찍는다.

대니는 앞태보다는 뒤태의 사진이 낫다는 말을 자주, 종종, 수시로 듣는 편이다.

아, 이 순간 장기하의 노래가 갑자기 떠오른다. '그건 니 생각이고'

사실을 말하자면 급 노화의 현상을 보이고 있는 얼굴 사진을 꺼려하는 건지도 모르겠다.

늙는다는 건 자연스러운 현상이다.

그러나 그 늙음을 직접 확인하는 건 언제나 기분이 썩 좋은 일만은 아니다.

나이에 맞게 자글자글 늘어나는 눈가의 주름과

차아의 부실로 선명하게 드러나는 입가의 주름이 앞태보다 뒤태의 사진을 선호하게 했을 것이다.

늙은 노인의 얼굴을 자세히 보는 습관이 생겼다.

얼굴에는 삶이 반영된다는 사실을 알았다.

내가 잘 늙어야 하는 이유이기도 하다.

살 늙은 얼굴을 가지고 싶다.

  점심도 아닌 저녁도 아닌 시간에 뷔페 음식을 먹으러 갔다.

산해진미라 할 정도의 음식이 펼쳐진다.

문제는 예정보다 늦게 식당에 도착해서 식사 시간에 제한이 생겼다는 것이다.

아, 먹을 때는 멍멍이도 건들지 않는다는 우리나라 속담도 있는데.

그래. 여긴 멕시코니까.

식사시간은 짧아도 이런 여행의 특징은 여기서도 여전했다.

쇼핑가게에 두 군데나 들리는 것이다.

그리고 식사 시간은 짧았지만 쇼핑 시간은 마냥 늘어졌다.

손으로 직접 수놓은 천은 너무나 예뻤지만 어마어마한 가격에 즉시 포기한다.

기대 이상의 풍광을 눈에, 가슴에 담고 다음 여행지를 향하여

겨우(?) 12시간 걸린다는 야간버스를 탄다.

자, 힘내서 Vamos!

원주민의 삶

    멕시코에서 가장 가난한 도시이자 인디오들이 많이 거주하는 산크리스토발에 무사히 도착했다.

'가장 가난한' 과 '많이 거주하는' … 도시.

괜히 가슴이 찡해지는 수식어들이다.

어느 나라나 원주민들의 삶은 고달프다.

원래 그 땅의 주인이었으나 점점 변방으로 밀려나게 되고 그들의 삶 또한 가난으로 이어진다.

원주민이 이방인이 되고 이방인이 원주민이 된다.

원주민이 피지배자가 되고 이방인이 지배자가 된다.

시가지 중심를 벗어나 외곽으로 가지 말라고 주의를 준다.

가난함과 범죄율은 상관관계가 있다.

그런데 이러한 결과에 대한 책임은 누구에게 있는 걸까?

    인디오들이 특히 많이 살고 있는 차물라 마을로 버스를 타고 간다.

내 옆자리에 아들 둘과 부부로 이루어진 인디오 가족이 앉는다.

유창하지는 않지만 가는 내내 대화를 했다.

나름 대화가 통한다.

그러나 내가 그들과 나눌 수 있는 대화는 단편적이다.

그리고 나는 결국 떠날 여행자고 그들은 여기 남아 삶을 살아간다.

그들이 지금처럼 웃으면서 살아가기를 바랄 뿐이다.

차물라 마을을 가야 하는 이유는 거기에 차물라 성당이 있기 때문이다. 이 성당은 카톨릭 신앙과 마야 주술이 조화롭게 혼합되어 독특한 신앙으로 이어지는 곳이다.

성당 안에는 인디오들이 불을 피우면서 그들만의 종교의식을 수행하고 있었다. 그들의 표정은 경건한과 피곤함이 교차되어 보였다.

성당 안의 성상과 성화도 인디오 식으로 표현되어 있어 시선을 사로잡았다.

산크리스토발의 전통시장은 멕시코 고유의 색감으로 가득한 기념품들이 넘쳐났다.

나도 독특한 기념품 몇 개를 사고야 만다.

저녁은 한국식당이 있다는 소문을 찾아찾아 그곳으로 갔는데 식당은 작았지만 현지인들로 가득했다.

특히 학생들이 많았는데 여기서도 K-pop은 인기가 상당히 있나 보다.

역시나 한국음식은 맛있었다.

산크리스토발 마지막 밤을 싱숭생숭 보낸다는 건 분명 예의가 아니다. 소깔로 광장에 나오니 낮에는 없었던 벼룩시장의 물건들이 온 광장을 채우고 있었다.

기념품을 하나 사니 옆 자판에 앉아 있는 꼬마의 눈망울이 눈에 마음에 꽉꽉 밟히고 만다.

에라 모르겠다. 결론은 또 사고야 만다.

합리적인 소비하고는 참 거리가 먼 대니다.

관광지에 근사한 숙소나 식당은 원주민의 차지가 아니었다.

외부 자본가들이 대부분 운영하고 있었고, 원주민들은 노점상을 하거나 인디오 특유의 보따리를 이마에 매고 다니면서 물건을 팔았다.

몇 개의 상품을 파느냐에 따라 그들의 하루 삶이 좌우된다.

그래도 마음이 놓이는 건 활짝 웃는 그들의 웃음이었다.

우리나라도 공정여행이라는 개념이 한때 유행할 때가 있었다.

현지인에게 도움이 되는 여행을 하자는 취지였다.

처음에는 여행자나 현지인 모두 윈윈하는 여행으로 자리 잡았다.

그러나 그 현지인 자리에 외부 자본가들이 들어오면서 현지인들은 경쟁에서 밀려나게 된다. 젠트리피케이션이라는 부작용이 일어나면서 원주민들이 쫓겨나기 시작하는 것이다.

공정여행이 불공정사회를 부추기는 아이러니한 상황이 벌어지고 말았다.

난 이러한 결과를 초래하는 자본주의적 사고를 경멸한다.

원주민들이 좀 더 잘 사는 동네, 나라가 되었으면 하는 바람.

바람으로만 끝날까봐 우울해진다.

멕시코 국경을 넘어 과테말라로 넘어온다.

국경이 참 단촐하다. 건물 하나에 조그맣게 양쪽 나라의 출입국 사무소가 위치해 있다. 과테말라로 넘어 오기 위해서는 멕시코 출국장에서 통행세를 내야 한다.

여행하면서 돈을 쓰고 나갈 때 또 돈 내라니 이건 분명 행패다.

'멕시코, 넌 나에게 실망감을 줬어.'

과테말라의 파나하첼은 세상에서 가장 아름답다는 아티틀란 호수가 있다.

세상에 가장 아름다운 호수가 세상에 너무나도 많이 존재한다는 생각이 문득 들었다. '가장'이라는 최상급의 단어는 점점 최상급의 위치를 잃어가고 남발되는 것 같다.

어쨌든 가장(?) 아름다운 아티틀란 호수를 따라 가장(?) 아름다운 섬들이 이어지고 있었다.

생각보다 늦게 도착해서 체크인하고 가볍게 치맥으로 저녁을 해결한다.
'치맥은 언제나 옳다'. 한국이나 과테말라에서나.

　오호. 다음 날 아침. 너무나 화창한 날씨이다.
이런 날씨는 내 기분마저 화창하게 만든다.
나는 일행들과 함께 보트 한 대를 빌려서 호수를 둘러싸고 있는 본격
적인 섬 투어를 하기로 했다.
섬마다 가는 여객선들은 있었지만 경제적인 면에서나 편리성에서나
우리 팀 단독으로 렌트하는 게 유리했다.
하늘색도 파랗고 호수 색감도 파랗고 파랗다.
모든 조건들은 완벽하다.

처음에 도착한 산 마르코스 섬은 길이 미로 같았다.

전망대 올라가는 길을 찾지 못하고 이리저리 헤매이고 있는데 똘망한 한 소년이 나를 따르라, 하며 앞장선다.

탁 트인 풍광을 내려다볼 수 있는 뷰포인트도 알려주고 전망대까지 완벽하게 안내한다.

물론 약간의 대가를 요구했지만… 당연히 주어야 한다.

정당한 노동에 대한 대가이므로.

그 소년은 가장(?) 완벽한 여행 가이드였다.

두 번째 도착한 섬은 산 페드로 섬이다.

예술의 섬이었다. 원색적인 그림들이 눈을 사로잡는다.

모나리자와 비틀즈를 멕시코 의상과 멕시코 풍으로 재해석한 그림이 눈에 확 들어온다.

외래문화를 자기문화화 한다는 것은 틀림없이 멋진 일이다.

의류가게에서 윈도우 쇼핑을 하고 있는데 세뇨라 한 분이 입어볼 것을 강력하게 권한다.

어울린다는 그녀의 달콤한 말에 흔들흔들.

뻔한 멘트인 줄 알면서도 사람은 참 간사한 존재이다.

그리고 내가 현지 인디언 외모를 풍기는 편이다.

남미가 아닌 북미 인디언들의 선 굵은 외모.

물론 이것 또한 내 생각일 뿐이지만,

사실 아메리카 인디언과 나는 같은 피를 이어받은 인종일지도 모른다.

중앙아시아에 있는 바이칼 호수를 한민족의 시원이라 부른다.

이 호수 부근에서 그대로 머물렀던 민족이 몽고족이고 동쪽으로 이동해서 한반도에 정착한 민족이 바로 우리나라 한민족이다.

그리고 알래스카를 건너 아메리카로 이동한 민족이 바로 아메리카 인디언이라는 설이 있다.

그래서 결론은 나와 인디언은 한 핏줄이라는 것이다.

외모가 닮은 건 당연한 일이다.

나는 서너 번 멕시코 전통 의류의 모델이 되었다.

그 후폭풍은 대단했다.

가게를 벗어나지 못하게 한다.

처음 내게 제시했던 가격은 점점 떨어지고 나에게 선택이 아닌 강권을 하기에 이른다.

정말 사 주고 싶었지만 배낭이 너무 작아서 들어갈 틈이 없었다.

이건 사실이라구요.

처음 배낭에 있던 의류나 신발은 기념품을 하나 둘씩 구입한 만큼 하나 둘씩 버려지기 시작했다.

선착장 카페에서 커피 한 잔의 여유를 즐긴다.

원래 내가 원하는 건 요따위 여유였는데 옷가게에서 너무나 많은 시간을 미안함으로 허비해 버렸다.

　돌아오는 길의 물결은 호수가 아니었다.

엄청난 파도에 정신이 혼미해졌다.

무사히 파나하첼 선착장에 도착,

그냥 숙소에 돌아오기에는 무언가 아쉬움이 남는다.

결국 일행 중 3명은 아티틀란 호수에서 수영하기로 전격 결정하고

아름다운 석양을 바라보며 아름다운 호수에서 아름다운 수영을 한다.

솔직히 춥긴 추웠다.

그리고 우리 세 명은 이제부터 아·동이라 불리게 된다.

아·동이. 탄생한 순간이다.
(아·동 = 아쿠아 동아리)

안티구아에 대한 최소한의 예의.

안티구아는 과테말라의 옛 수도였다.

도시 도로가 그대로 보존되어 있어서 차가 지나다니는 게 장난이 아니다

흔들흔들 덜컹덜컹,

내 몸도 같은 패턴으로 움직인다.

돌로 만든 길은 옛스러워서 보기에는 멋지지만 실용성은 제로에 가까웠다. 교회는 과거의 지진으로 부서진 그대로 남아 있었다.

숙소 옥상 앞에 펼쳐진 화산이 여기가 안티구아야, 라고 나에게 말을 걸어온다.

안티구아는 화산으로, 커피로 유명한 곳이다.

솔직히 과테말라에 대해서 잘 알지는 못한다.

최근 TV에서 과테말라 국민들이 가난과 굶주림을 피해 미국으로 향하는 장면을 보았다. 미국의 불법이민 차단으로 오도 가도 못하고 있는 사람들.

거리 길바닥에서 살고 또 죽어가는 사람들. 그들을 누가 이런 상황으로 내몰았을까. 자유와 평등의 나라로 알려진 미국은 죽어가는 이들을 왜 외면하고 있는가.

이런 저런 생각들이 많이 들었던 소식이었다.

그리고 내가 대한민국 국민이라는 것이 얼마나 다행이고 감사할 일인지 다시 느끼는 계기였다.

삶에서 자기보다 어렵고 못 사는 사람들을 보면서 위로를 얻는다. 자기보다 더 잘 사는 사람들을 보면서 상대적 불행과 질투를 느끼게 된다. 그러나 이러한 비교의 행복과 불행의 감정 또한 과테말라 국민에게는 사치라는 것이다.

과테말라 국민들이 원하는 선 최소한의 인간적인 삶이다.

과테말라 정부에게는 국가의 의무를,

미국 정부에게는 인류의 가치를 묻고 싶다.

점심은 이 도시의 맛집에서 아사도 소고기로 영양을 보충했다.

여행 음식의 내 신념은 '고기는 항상 옳다' 이다.

어딜 가나 내 여행 루틴은 잘 바뀌지 않는다.

허기도 보충했으니 동네 마실을 나선다.

도시가 크지 않아서 참 좋다.

일단 길치인 나도 길을 잃을 확률이 그만큼 확 줄어든다.

마실을 마치고 다시 숙소로 귀환하는 길에 살사 바가 눈에 들어온다.

오늘 밤, 살사수업이 있다는 것이다. 당연히 check.

　안티구아는 화산과 더불어 커피가 유명한 곳이다.
혼자 고독을 즐기면서 우아하게 커피 한 잔의 여유를 갖는다는 건 안
티구아에 대한 최소한의 예의이다.
저녁은 라이브가 있는 카페에서 혼 식사를 한다.
혼 여행, 혼 술, 혼 커피, 혼 밥은 이제 나에게는 익숙함이다.
여행지에서나 우리나라에서나 이런 익숙함으로 백수생활을 버티고 있
는지도 모르겠다.
아니 즐기고 있다고 정정한다.
오, 맙소사.
라이브 음악이 신나는 라틴음악이 아닌 팝이 나온다.
이건 아니지 아니야.
안티구아에서는 신나는 라틴음악이 나와야지.
'despacito' 같은 신나고 섹시한 음악이.

　실망감을 상쇄하러 드디어 살사 바에 가야 할 시간이다.
현지인 강사와 함께 기본 스텝을 배우고 따라한다.
frente. detras. (앞, 뒤)
한 시간의 수업은 무사히 가끔은 헤매면서 끝났다.
드디어 실전에 돌입할 시간.
음악이 라이브 살사음악으로 강렬하게 시작한다.
라이브 카페의 아쉬움을 단박에 날려 버렸다.
그리고 난 살사의 실전 무대에서 결국 심하게 헤매고 말았다.
우리나라에서 배웠던 2년의 시간은 전혀 소용이 없었다.

스텝이 우리나라에서 배운 것과 정반대 스텝이었다.

춤은 그냥 즐기는 거야. 대니.
네 비장의 무기 있잖아. 눈웃음.
웃음으로 실력을 커버하면서 그냥 즐겨.

화산 가는 길

　오늘은 빠가야 화산투어를 가는 날이다.
날씨는 어제와 달리 잔뜩 찌푸리고 있었다.
화산은 언제나 나를 설레게 하고 경이롭게 하는 대상이다.
그리고 지구가 살아있음을 알게 해 준다.
화산입구에 도착하자 수많은 현지인들이 모여 든다.
나무막대를 들고 모이는 아이들과 화산트래킹을 걷는 것이 아닌 말 타
고 갈 여행자를 찾아 든 마부들이다.
난 튼튼한 다리를 과신해 걸어가기로 했다
이번 여행에서 가장 후회한 선택이기도 하다.
말보다 먼저 가기 위해 선두에 나선다.
숨이 턱턱 막혀 오고 입안은 바짝바짝 타오른다.
같이 보조를 맞추고 가는 마부가 나에게 '넌 체력이 강하다' 라고 말을
하고 난 '깐사도(피곤해)' 라고 화답한다.
힘들어 죽겠어.
드디어 목적지 부근에 도착하고 난 아무렇지 않은 척 씩씩하게 힘듬을

감춘다.

기념품 가게 앞에 휘날리는 과테말라 대형국기가 나를 반겨 주었다.

'고생했어, 대니'

 이곳에 오면 꼭 맛을 봐야 한다는 구운 마시멜로.

지열이 있는 곳을 찾아 나서는 길에서 마주한 화산에서 흘러 내려오면

서 굳어진 용암의 모습은 역시나 신비로웠다.

자연스러우면서 아름다운 조각품이었다.

인간 그 누구도 결코 흉내 낼 수 없는 작품이었다.

드디어 구운 마시멜로의 맛을 보았다.

일행 중 한 명이 아재개그를 날리신다.

'마시별로' 인데.

 난 산중턱 끄트머리 절벽 쪽으로 발길을 옮긴다.

구름이 화산과 하늘을 가린 풍광이 나름 멋지게 펼쳐진다.
다 보인다고 해서 항상 멋있는 건 아니다.
사람도 풍광도 감춰진 것에서 매력을 찾을 수 있다.
그곳에 모여 있던 가족 중 한 명이 나에게
'mi amigo' 라며 말을 건다.
이곳에 와서 친구들이 너무 많이 생겨 버렸다.
인도 사람들이 습관적으로 하는 말이 '노 프라블럼'이라면
중미 사람들이 하는 말은 아마 '미 아미고' 일 것이다.

 아주 조금 조금은 힘이 들었지만
트래킹은 즐겁고 경이로운 경험이었다.
화창하지 않았음이 선선함을 선물해 주었고
말을 타지 않았음이 힘들었지만
본의 아니게 부실한 하체를 단련시켜 주었다.

 안티구아의 마지막 밤도 깊어가고 있다.
아쉬운 마음에 맥주 한 캔을 들고 전망이 좋은 옥상으로 올라간다.
그 때 fuego(불) 화산에서 빨갛게 용암이 솟아오른다.
그 용암이 산꼭대기에서 흘러내리는 붉은 모습을 마지막 선물로 나에게 보여 주었다.
역시 안티구아 또한 나에게 예의가 있는 도시였다.

7~8시간 걸린다는 란킨 가는 길은 비포장도로로 악명이 높다고 했다.

단단히 준비하고 나서는 길, 그런데 반전이 일어난다.

최근에 도로의 상당부분이 포장된 것이다.

나에게도 이런 행운도 오다니.

하긴 내가 좀 착하게 살았지.

어떤 일이 잘 풀리면 착하게 산 것 같고

어떤 일이 안 풀리면 착하지 않게 산 것 같은 느낌이 든다.

삶을 항상 착하게 살 수도 악하게 살 수도 없다. 섞여서 살아가는 것이 삶이고 바로 나이다.

다만 좀 더 착하게 살려고 노력할 뿐이다.

어쨌든 덕분에 더 쉽게 더 빨리 도착하였다.

중미 여행의 특징은 도시간 이동할 때 주로 낮 시간을 이용한다는 것이다. 치안이 워낙 불안해서인데 낮 이동도 차를 모아서 가는 편이다.

다행히 아직까지는 걱정한 일이 생기지 않았다

내가 좀 착하게 살았지.

이곳은 파묵 샴페이를 가기 위해 여행자들이 잠시 머문 곳으로 동네 마실 나갈 정도의 크기도 못 되었다.

그리고 추적추적 비 내리는 길을 걷고 싶은 마음도 없었다.

  드디어 새로운 날이 밝았다.

트럭을 개조해서 만든 자칭 택시를 타고 우리는 출발했다.

10km의 짧은 거리지만 길이 산길이고 외길이여서 1시간 정도 걸렸다.

내내 서서 가야 한다.

여행이라서 그런지 이런 체험도 마냥 즐겁기만 하다.

  파묵 샴페이,

이곳은 여러 층의 자연 수영장이 터키색 물로 채우고 있는 곳으로 지구 곳곳에 이런 곳들이 있다.

터키의 파묵칼레, 라오스의 꽝시폭포, 멕시코의 이에르베 엘 아구아, 중국의 구채구까지.

지구의 자연은, 지구의 사람은 그렇게 닮아 있었다.

파나하첼의 아티틀란 호수에서 석양을 바라보며 수영을 즐겼던 아·동(아쿠아 동아리)삼총사가 다시 뭉쳤다.

동굴탐험 투어에 적격 투입된다.

우리가 오늘 동굴투어의 처음 팀이다.

처음이라는 단어는 언제나 설렘과 흥분을 안겨 준다.

그리고 두려움까지.

삶에서 '처음' 이라는 경험을 많이 하라고 한다.

'변한다는 건 두려운 기쁨'이라고도 한다.

두려움으로 처음에 도전하기를 꺼려하고 반복되는 삶을 우리는 스스로 선택하는 경우가 많다.

그러다가 결국은 죽음을 맞이하게 된다.

얼마나 재미없는 삶인가?

재미없는 삶은 무효다.

점점 무효인 시간이 늘어나고는 있지만 그래도 난 처음 가는 여행지로 향하고 처음 하는 취미에 도전한다.

　얼굴에 원주민처럼 검은 진흙을 잔뜩 바르고 검은 동굴 속으로 촛불 하나에 의지한 채 들어간다.

깜깜한 암흑의 세계와 물이 흐르는 소리만 들릴 뿐이다.

두려움이 생기지 않는다면 그 사람은 진짜 용감하거나 감정이 없는 사람일 것이다.

걷기도 하고 수영도 하고 외줄에 의지도 하고 폭포도 지나 마지막 목적지에 무사히 도착했다.

그곳에는 3미터 높이의 다이빙 장소가 있었고 그 아래에는 깜깜한 물로 이루어진 조그마한 물웅덩이가 있었다.

솔직히 보이지 않았으므로 있었을 것이다.

'무식하면 용감하다'

무식한 대니가 한국 대표선수로 과감하게 다이빙을 한다.

난 대한민국 싸나이니까!

다시 돌아오는 길에서 수많은 외국인 여행자들과 마주친다.

하이파이브를 하며 그들에게 내 기를 꽉꽉 전해준다.

동굴은 햇빛이 전혀 들어오지 않는 암흑의 세계다.

이 암흑은 물마저 차갑게 변화시켰다.

난 저체온증으로 온 몸이 떨리고 위아래 이가 서로 부딪히면서 떨리고

촛불을 든 손을 수전증 환자처럼 계속 흔들어 댄다.

겁이 난 순간, 저 멀리서 환한 빛이 조금씩 보이기 시작한다.

따뜻한 햇볕이 내 몸을 관통하자 저체온증은 샤르르 사라진다.

　그럼 이제 본격적으로 수영을 즐기는 시간이다.

자랑스러운 대한민국 해군 병장 출신인 나는

계단식 자연 수영장를 다이빙 하면서 차례차례로 내려간다.

나는 여행 중의 액티비티를 선호하는 편은 분명 아니다.

누구와 같이 하느냐에 따라 여행 분위기는 바뀌게 되는 것 같다.

삶 역시 누구와 함께 가느냐에 따라 방향이 정해진다.
여행에서나 삶에서나 좋은 사람들과 어울려야 하는 이유이자
내가 좋은 여행자로 좋은 사람으로 살아야 하는 이유이기도 하다.

　다시 1시간의 시골길을 달려 무사히 숙소에 도착했다.
요따위 피곤함은 시원한 맥주 한 잔을 원 샷! 해서
날려 주어야 한다.
언제나 하루의 마무리는 술로 술술 풀어주어야 한다.

태양이 나를 피하는 법,

 석양이 아름다운 호수 마을인 플로렌스로 가는 길은 언제나처럼 만만치 많았다.

꽉 찬 인원과 에어컨 성능이 컸는지 알 수 없는 알쏭달쏭한 뜨거운 바람이 나오는 찜통 버스부터 문제였다.

승합차의 의자간격은 '꼼짝 마' 자세로만 갈 수 있게 설계되어 있었다.

처음 자세 그대로 움직임을 허락하지 않는 공간으로, 한 마디로 끔찍했다. 가는 길에 강을 건너야 한다.

바지선 한 대로만 왔다 갔다 하는데 왕복하는 데 소요되는 시간 또한 상당했다.

우리는 삶에서 빨리 빨리를 선호하면서
죽음만은 슬로우 슬로우 해주기를 바란다.

사람은 결국 누구나 죽는다. 이렇게 결말이 뻔한데 나는 너무 바둥바둥거리면서 사는 건 아니었을까.

그래도 지금은 뻔뻔함으로 나름 삶을 즐기고 있는 편이기는 하지만 좀 더 여유와 느림을 즐기는 대니가 되어 보기로 한다.

  달리고 달려서 호수에 놓인 다리를 건너니 마침내 플로렌스 마을이 우리를 반겨 준다.

너무나 좋은(?) 길과 너무나 좋은(?) 버스로 인하여 도착예정 시간을 훌쩍 넘겨 버렸다.

무릎은 로댕의 '생각하는 사람' 석고상처럼 완전히 굳어 있었다.

아침부터 저녁까지 고정된 자세로 온 결과였다.

버스에서 해방된 것 하나만으로도 충분히 살 것 같았다.

석양은 이미 사라져 있었고 어둠과 적막만이 호수를 감싸고 있었다.

저녁은 호숫가에 위치한 로컬 식당을 선택했다.

푸짐한 고기 양과 시원한 로컬 맥주 한 잔으로 여기까지 온 여정의 고달픔을 스스로 위로한다.

  다음 날 새벽 3시에 일어나 마야 3대 유적지인 숲 속의 띠깔로 향한다. 일출을 보기 위한 이런 노력은 한 방울씩 내 뺨을 때리는 빗방울에 무너짐을 예감한다.

유적지 입구에 도착하자 비 한 방울은 수없이 많은 방울방울로 변해 있었다.

그럼 그렇지. 난 착하게 산 사람이 아니었어. 또 스스로 자책을 한다.

분명 일출을 보았다면 난 너무 착하게 살았어, 라며 자만을 하게 됐을 것이다.

우의를 사고 새벽 커피 한 잔을 마신다.
마실 때 마다 빗방울이 컵 속으로 무단침입하면서 뜨거운 커피는 순식간에 미지근한 커피가 되어 버렸다.
장기하의 '싸구려 커피' 노래가 왜 갑자기 생각이 나는 건지.
'싸구려 커피를 마신다. 미지근해 적잖이 속이 쓰려온다'

 역시나 떠오르는 태양은 전혀 볼 수 없었다.
아쉬움은 너무나 컸지만 비 내리는 새벽을 맞는 것 또한 운치는 있었다.
숲 속의 띠깔 유적지 규모는 생각보다 큰 규모였으며 아름다웠다.

다시 마을로 돌아오고 난 또 습관적으로 동네 마실을 슬슬 나선다.

내 여행의 습관이다. 동네 마실을 꼭 해야 하는 것은.

동네 교회도 들어가 보고 삐죽삐죽 호기심으로 엉뚱한 곳으로 들어갔다 놀라 나오기도 하고 동네 수퍼에서 주전부리도 산다.

호수가 보이는 분위기 좋은 카페에서 플로렌스표 커피 한 잔을 마신다.

오호, 여기는 커피가 무한리필이다.

한 잔 더 마셔주는 게 분명 이 카페에 대한 예의일 것이다.

호수의 석양을 보려 보트에 올라탄다.

그러나 플로렌스는 일출도 일몰도 단호히 나를 거부한다.

야속한 플로렌스.

태양이 나를 피하는 법을 알고 있었다.

그러나 다음 날 아침 호수 위를 달구고 있는 붉은 해를 바라보면서 이러한 야속함은 스르르 사라지게 된다.

플로렌스도 최소한 예의는 있는 곳이었다.

모기들의 천국.

'벨리즈' 어, 이런 나라가 있었나?

물론 내가 상식이 풍부하다거나 해박한 사람은 결코 아님을 밝혀 둔다. 그래도 너무나 생소한 나라였다.

버스를 타고 벨리즈시티에 가지만 그곳에 잠시 머물고 키코커 섬으로 수상택시를 타고 바로 움직인다.

벨리즈시티 또한 범죄로 악명이 높은 곳이다.

범죄가 높은 나라의 공통점은 가난하다는 것이고 정치가 썩었다는 것이다. 국민을 위한 정치가 아닌 그들만을 위한 정치를 한다.

우리나라 정치가 점점 발전하고 있지만 그건 정치인들의 노력보다는 우리 국민의 힘일 것이다.

아직도 경멸스러운 정치인이 너무나 많다.

'썩어도 준치' 가 아닌 ' 썩어도 정치' 만 하려는 사람들.

난 계속 그들을 경멸할 것이다.

선착장에 5분 늦은 도착으로 수상택시는 야속하게 떠나 버렸고 다음

택시 출발 시간까지는 여유가 생겼다.

그럼 점심을 먹기로 한다.

가게 앞에는 음식을 안내하는 사람, 흔히 삐끼라고도 한다.

삐끼의 꾐에 못 이긴 척 로컬식당에 들어갔다.

그러고 보니 그녀(삐끼)는 스페인어가 아닌 영어를 사용했다.

중미와 남미 대부분의 나라는 스페인어를 사용하지만

이 나라는 과거 영국의 식민지였고 지금도 독립국가이지만 영연방에 속해 있다.

아, 유럽의 열강들이 아메리카를 얼마나 망쳐놓았는지

아프리카를 망쳐놓았는지.

지금도 그들은 그 어두운 그늘의 역사에서 벗어나지 못하고 경제적 가난과 정치적 독재에 갇혀 있다.

나라는 독립이 되었지만, 모든 것들은 과거에 멈춰 있었다.

수상택시를 타고 가는 길에 본 바다는 하늘과 연결되어 있었다.
어디가 바다이고 어디가 하늘인지 구분이 안 되는 화면이 펼쳐진 수평
선이 몽롱한 느낌을 안겨 준다.
여행자의 천국 키코커에 드디어 도착했다.
골프카트카를 개조한 택시를 타고 숙소에 도착한 순간,
이곳은 여행자의 천국이 아닌 모기들의 천국임을 바로 깨달았다.
피부가 조금이라도 노출된 손, 발, 목, 심지어 얼굴까지 초토화 돼 버렸
다. 지금까지 맛보지 못한 동양인의 피에 반했음이 분명하다.

저녁은 동네가게에서 닭튀김을 사서 들어온다.
중국인이 운영하는 수퍼에서 맥주까지 샀다.
완벽한 치맥의 조화다.

'치맥은 언제나 옳다' 는 지구 어디에서나 통한다.
야외에서 먹을 생각은 아예 하지 못 한다.
내 피를 너무나 사랑하는 모기씨가 오매불망 기다리고 있음으로.
키코커의 첫 날 밤이 이렇게 지나간다.
숙소 유리창 너머 보이는 바다는 너무나 아름다웠고
유리창 너머로 앵앵거리는 모기는 너무나 잔인하였다.

 일어나자마자 하늘을 곧바로 쳐다본다.

날씨는 맑았지만 아쉽게도 청명하지는 않았다.

청명함이 중요한 이유는 오전에 벨리즈의 상징인 블루홀을 보기 위해

경비행기를 타야 했기 때문이다.

'블루홀'의 사진을 보는 순간, 아, 이곳이 벨리즈라는 나라에 있었어?

라며 금방 수긍하게 되는 신비롭고 아름다운 바다 한가운데 있는 풍광
이다.
키가 훤칠하고 영화배우처럼 잘 생긴 파일럿과 반갑게 인사를 나누고,
자 Vamos!
저 바다 아래에서 드디어 블루홀이 서서히 모습을 드러낸다.
블루홀을 마주한 순간 'Wow' 감탄사를 연발할 수 밖에 없었다.
느므느므 황홀했다.
블루홀의 풍광 못지 않은 바다색의 매력이 쫘아악 펼쳐진다.
저런 색감이 어떻게 가능하단 말인가… 감탄과 감탄의 연속이었다.
천연색 물감을 그대로 뿌려 놓은 자연 그대로의 그림이
내 눈 속에 내 가슴에 들어왔다.
자연은 언제나 이렇듯 자연스러움 하나만으로 승부하지만
이 승부에서 어떤 것에도 결코 뒤지지 않는다.

　　오후에는 카리브해의 맑은 푸른 바다와 함께 할 스노쿨링이 기다리
고 있었다.
저기 멀리서 돛단배처럼 생긴 아니 바지선에 돛만 달랑 있는 배가 이
쪽으로 천천히 오고 있는 중이다.
설마 저 배는 아닐 거야, 정말 아닐 거야 라는 내 강한 부정을 비웃는
듯 선착장에 유유히 도착 후 우리에게 외친다.
'웰 컴 투 유어스!'
내 상상의 배는 영화에서 본 멋진 요트였다.
세련되고 매끈한 모양의 고급스러운 요트. 그러나 현실의 배는 파도에
밀려 겨우 겨우 나가는 배라니,
영화와 현실의 괴리감을 확실히 느꼈다.

그러나 이 배도 나름 장점이 있었다.

파도에 밀려서 가다 보니 아주 천천히 움직였고 그 결과로 배 멀미는 덜 했다.

이 와중에도 이 배의 장점을 간파한 내 예리함에 스스로 경의를 보내 본다.

스노클링은 내가 취약한 분야이다.

숨을 쉬면 짜디 짠 바닷물이 코로 입으로 마구마구 침입한다.

다행인지 불행인지 내 물안경이 불량품으로 호스가 자동으로 빠져 버 렸다. 난 자유를 얻었다. 물안경만으로 수영을 하고 물속으로 잠수를 하고 카리브해 바다 속의 깨끗함을 만끽했다.

스노클링의 하이라이트는 상어 떼가 모여 있는 곳에서 같이 어울리 는 시간을 갖는 것이다.

레알 실화냐?

내 옆에 커다란 상어 떼가, 가오리 떼가 지나다니고 나는 그들의 매끄러운 피부를 만진다.

아마 내 평생 가장 잊을 수 없는 추억으로 남을 것이다.

너무나 흥분되고 놀라운 경험이었다.

배 위에서 준비된 과일을 먹고 있는데 저기 저 바다위에서

'어푸 어푸, 헬프미' 소리가 들려 온다.

실제로는 동작만이 보였다.

이래봬도 대니는 자랑스러운 대한민국 해군 출신이다.

구명환을 어깨에 들쳐 매고 물개처럼 우아하고 재빠른 수영으로 구명환을 건네준다.

다시 배로 돌아오는 길은 저질체력으로 힘이 딸렸지만

절대 티는 내지 않는다.

아, 역시 폼생폼사의 길은 결코 쉬운게 아니었다.

  오전과 오후의 완벽한 여행일정은 이렇게 끝났다.

키코커의 마지막 밤을 조용히 보낼 수만은 없다.

섬 중심지로 곧바로 향한다.

음악이 넘치고 술이 넘치고 사람이 넘친다.

그리고 오늘 투어에서 기분이 업된 나는 라이브 펍에서 특유의 섹시한 (?) 막춤으로 키코커와 이별을 준비한다.

일곱 색깔 바깔라르.

다시 키코커를 떠나 수상택시를 타고 멕시코로 넘어 오는 길의 바다는 내가 쉽게 이곳을 떠나는 것을 허락하지 않았다.

'네가 감히 나를 떠나가' 하며 표독스러운 얼굴이 클로즈업되는 막장드라마 여주인공의 독기어린 표정연기처럼,

파도도 화가 잔뜩 나 있었다.

원래 운행했던 택시 중 한 대만 정상 운행이다.

이렇게 높은 파고를 저기 저 작은 택시가 넘어서 갈 수 있을까 솔직히 걱정되었다. 엄청난 파도에 엄청난 롤링에 두려움이 엄습해 온다.

상하 좌우로 흔들릴 때마다 배 안의.사람들도 자기도 모르게 소리를 지른다.

내 옆에 있는 스위스 노부부는 손을 꼭 잡고 두려움과 싸우고 있었다.

우리는 서로 파도가 굉장하다며 대화하면서 애써 태연한 척 해보지만 정말 배가 뒤집히는 것 아닌가 싶어 손에서는 진땀이 났다.

배를 타면서 처음으로 공포와 두려움이 느껴졌다.

다른 여행자와 현지인들의 얼굴을 보니 모두 다 긴장한 얼굴이 역력하

다. 다행히 배는 무사히 도착했고 나와 여행자의 얼굴에는 비로소 안도의 미소가 퍼진다.

우린 생존에 성공했다는 끈끈한 연대의식(?) 같은 게 생겨난 느낌이었다. 멕시코에 다시 입국하는데 또 통행세를 받는다.

그래 이젠 욕도 아깝다. 그냥 포기하기로 한다.

엄청난 파도를 넘고 오니 엄청난 더위가 기다리고 있었다.

멕시코 바깔라르는 일곱 가지 색깔의 호수로 유명하다.

일곱 가지 무지개도 아닌 호수라니, 뻥이 심하다고 생각했었다.

설마 하는 나의 의심은 호수를 처음 본 순간 오우 감탄사로 뒤바뀌게 되었다. 형형색색의 호수 색감에 홀딱 반해 버렸다.

우리 팀과 다른 한 팀이 배정된 배로 호수 속으로 들어간다.

(호수에 나갈 배를 차례대로 배정한다)

요번 여행은 본의 아니게 액티비티의 연속이다.

내가 좋아하는 여행은 산책하고, 카페가고, 커피 마시고, 낮잠 자고 책 읽는 척 하는 걸 좋아하는 정적인 여행이다.

그러나 이번 여행은 온통 몸으로 움직이는 여행이었다.

액티비티의 즐거움을 알아가고 있는 중이다.

저녁이 될 때까지 수영을 하였다.

너무나 격한 물놀이를 한 결과는 허기로 배와 등짝이 찰싹 붙는 상황을 유발한다.

이 허기를 좀 더 분위기 있고 근사한 곳에서 해결하기로 한다.

푸짐하고 깔끔한 음식과 로컬 맥주와 살사음악.

완벽한 조화다.

옆 테이블의 아가씨가 음악에 맞춰어 몸을 흔들고 있었고

나는 최대한 예의로 살세라에게 춤을 청하여 살사를 같이 추었다.

춤은 분명 매력적인 취미이다.

세계 어디서나 사람을 통하게 하는 그 무엇이 있다.

술기운과 살세라와 함께 춤을 춘 흥분감으로 맥주 값은 내가 계산하기로 한다.

내일 아침에는 분명 후회하리라.

카페 주인이 가져온 계산서는 내가 여행자임을 다시 한 번 느끼게 해주었다.

나뭇잎에 쓴 계산서라니.

끝까지 센스있는 카페이자 주인이다.

Joven이 되다.

　카리브해의 푸르고 푸른 바다와 길게 뻗은 해안가를 배경으로 피라
미드 유적지가 아름다운 뚤룸.

숙소 앞 치킨(뽀요)집에서 치콜을 먹고 유적지를 향한다.

가는 방법은 여러 가지가 있었다.

택시, 버스, 자전거 그리고 a pie(걸어서).

백수의 유일한 자산이라 믿고 있는 두 다리의 건강함을 과신한 나는 당연 씩씩하게 걸어가기로 결정한다.

역시나 길치의 능력은 쉽게 변하지 않는다.

지도를 잘못 해석해서 3시간 가까운 거리를 뜨거운 열기와 함께 걸어야만 했다.

그래도 눈이 부시게 아름다운 장면은 반드시 보아야 하기에 파란 바다와 파란 하늘이 어우러진 카리브해 해안가를 걷는다.

바닷물에 발을 담그면서 쭈우욱 똘룸을 향해 걸어간다,

저기저기 유적지가 드디어 모습을 드러내고 난 출구를 찾지 못해 또 헤매이고 헤매인다.

결국 현지인에게 3개월간 스페인어 공부한 실력을 또 테스트하기에 이른다.

"Donde esta la salida?" (출구가 어디에요?)

해변 의자에 여유롭게 앉아 있던 어르신이 대답.

"Joven, Gire a la derecha" (젊은이, 오른쪽으로 돌면 되네)

내 나이에 호벤이라니.

뒤의 출구를 알려주는 답변보다 호벤이라는 말만 더 중얼거리게 된다.

새 깃털처럼 가벼운 마음과 걸음으로 유적지를 향한다.

유적지는 훼손된 부분이 많이 있었지만 이곳에 도시를 건설한 마야인에게 다시 한 번 경외감을 보낸다.

이곳의 현재 주인은 이구아나였다.

보호색으로 완벽하게 유적지와 한 몸이 된 그들을 찾아내는 즐거움과 함께 가까이 있어도 전혀 눈치채지 못하다가 깜짝 놀라기도 한다.

마야인들은 과거 속으로 사라졌지만 그 시대부터 이구아나는 여기를 지키고 있었다.

우리 인간들도 탐욕으로 지구에서 사라질 수 있는 종이다.

그러나 지구는 여전히 다른 종으로도 계속 이어지고 살아남을 것이다.

인간이 사라진 지구는 어쩌면 더 푸르고 푸른 더 건강하고 건강한 별이 될 수도 있겠다.

나무 밑에 사람들이 많이 모어 있어 호기심으로 가 보니 뱀이 보인다.

TV에서 자주 보았던 흰색과 빨강색 무늬가 아름다운 뱀이었다. 이 뱀은 독이 있는 뱀이다.

화려함 뒤에는 독이 있음을 난 삶에서도 경험한다.

삶은 본래 화려함보다는 평범함이고 즐거움보다는 심심함으로 사는 것이다. 가끔 찾아오는 화려함과 즐거움을 매 순간순간 즐기면 되는 것이다.
그러나 그 화려함에 취해 나오지 못하면 그 삶은 망가지게 되어 있다.
화려함은 독과 함께 공생하는 것이다.

 다시 돌아오는 길은 도저히 걸을 엄두가 나지 않았다.
편의점에서 시원한 맥주 한 캔을 쭈욱 들이키고 물어물어 버스 정류장을 찾아 나선다. 이곳엔 버스정류장 표시가 없었다.
저기 멀리서 버스 한 대가 다가온다.
두 손을 들고 흔들고(Put your hands up), S.T.O.P.
무사히 탔고 무사히 내렸다.
저녁식사는 멕시코 타코와 시원한 로컬맥주 한 병,
그리고 신나는 살사음악과 함께 했다.
완벽하게 여유 있는 척하는 여행자 대니다.

내 버킷리스트 Havana.

드디어 내가 가고 싶고 또 가고 싶었던 쿠바 아바나를 향해
칸쿤에서 출발한다.

비행기 내 자리 옆에는 두 남정네가 앉는다.

이렇게 세 남정네가 아주 아름다운 조화를 이루며 자리를 차지한다.

내 옆의 남자가 나에게 말을 걸기 시작한다.

자기는 이탈리아에서 왔으며 중미 구경을 마치고 쿠바로 간다는 것이
다. 여행 일정이 나와 비슷하다.

그리고 깜짝 놀랄 만한 제안을 나에게 한다.

쿠바의 말레꼰 해변에서 오늘 저녁 만나고 싶다는 것이다.

순간 당황하셨어요? 라고 나 스스로 묻는다.

아… 두 명의 남자가 같이 여행 다니는데 전혀 눈치채지 못하다니.

참 눈치 없는 대니다. 함께 온 일행이 있다며 부드럽게 거절한다.

그 남자와 마침내 헤어질 시간,

입국하는 입구에서 나와 꼭 사진을 찍고 싶단다.

아마 그의 SNS 계정에 내 얼굴이 사방팔방 팔리고 있을 것이다.

 카밀라 카베요의 'Havana' 노래를 흥얼거리며 숙소로 향한다.

체 게바라의 대형사진이 나를 환영해 준다.

오호 나의 형제(?) 최 게바라여, 최 거바라(대니)가 여기 왔노라.

같은 성씨라 우기기로 했다.

너무 늦은 시간 도착으로 저녁식사 스킵 위기에 놓였으나 우리 숙소
옆 가정집에서 랍스타 요리가 가능하다고 했다.

가격은 조금 비쌌지만 그건 여기 물가 기준이고 한국에 비하면 엄청
싼 가격으로 맛있고 싱싱한 랍스타 한 마리와 화이트 와인의 만찬을
즐긴다.

'아름다운 밤이에요'

 아바나의 아침 해가 떠올랐다.

숙소에서 준비한 푸짐한 아침식사와 어제의 피곤함의 피로회복제인
커피 두 잔을 연거푸 마시고 씩씩하게 길을 나선다.

엘 모르 요새가 보이는 말레꼰 해변에서 구시가지 쪽으로 천천히 걸어
가기로 한다.

아바나의 바다냄새와 아바나의 바람이 나를 격하게 반겨 준다.

구 도시 골목골목에는 원색적인 쿠바의 색들과 쿠바의 음악이 흘러나

오고, 헤밍웨이의 흔적을 찾아보기도 한다.
점심은 노찬카페에서 모히또 한 잔에 곁들인 돼지고기 음식.
솔직히 맛은 어떤 맛이라 하기에 적절한 표현을 찾을 수 없을 만큼
맛이 없었다.

　오후에는 올드 카 택시를 타고 엘 모르 요새로 간다.
이 요새는 바다 밑 지하도를 따라서 길이 되어 있어 걸어서 가는 건 불
가능하고 택시 요금은 흥정으로 정해진다.
내 비장의 무기인 내 맘대로 스페인어 실력을 오늘도 유감없이 발휘하
여 흥정에 성공한다.
스스로 대견스럽기까지 하다.
대견한 대니!

　쿠바의 밤은 반드시 즐겨주어야 한다.
중미여행을 온 가장 큰 이유가 살사의 본 고장 쿠바에서 살사를 추는
것이 아니었던가.
살사음악 전용극장은 호텔 2층에 자리잡고 있었고,
입장료에 공연과 음료수 3잔이 프리인 티켓을 받아 들고 무대 앞쪽에
자리를 잡는다.
각자 자기만의 음악색이 강한 가수들이 나와서 신나는 살사음악에 노
래를 부른다. '부에나 비스타 소셜클럽'에 나왔던 가수들처럼 매력적인
목소리와 외모에 나는 완전히 반해 버렸다.
살사음악에 맞춰 관객들은 무대에 나와 흔들고 나도 함께 흔들었다.
나에게 절호의(?) 기회가 찾아왔다.
아무도 나오지 않은 스테이지,

나와 자주 눈을 마주쳤던 빽 코러스 남자가 나에게 손짓하며 나오라고
한다.
내가 무대에 나간 건 자의가 아닌 그의 손짓 때문이었다.
그리고 대니만의 단독공연을 하게 된다.
한국에서 배웠던 살사패턴과 대니만의 필충만 춤까지.
관객들은 폭발적이고 열광적으로 반응해 주었다.

   쿠바 아바나에 한국 싸나이의열정과 funfun함(?)을 완벽하게 보여
주었다.
숙소로 돌아오는 길. 관객들이 나에게 아는 체를 많이 해 준다.
나는 괜히 우쭐거리게 되고 뛰는 가슴은 쉽사리 가라앉지 않았다.
콩닥 콩닥…

다시 살사를 추다.

쿠바의 원색적인 색이 가장 살아있는 도시 트리니닷과의 첫 만남은 역시나 설렘과 흥분으로 시작한다.
흔히 이 도시를 시간이 멈춘 도시라고도 한다.
쿠바 원색적인 색감의 담벼락과 쿠바 원색적인 살사음악과 쿠바 원색적인 사람들이 묘한 조화를 이루고 있었나.

동네에 도착하면 난 습관적으로 동네 마실을 나간다.
천천히 거닐면서 동네 골목골목을 구경하는 건 여행 중에
내 소소한 즐거움이다.
플리마켓에서 할아버지의 노련한 장사수완에 낚여 기념품을 사고 옆 가게에 앉아있는 세뇨라(아주머니)와 서로 눈빛이 마주친 순간, 괜히 미안해서 또 사고야 만다.
산프란시스코 교회 옥상에 올라가 시내전경을 한눈에 담는다.
주황색 낮은 지붕들이 소박하고 편안한 느낌을 안겨준다.
저녁은 내가 머문 숙소가 식당과 겸하고 있는데 10% 할인해 주겠다는

감언이설에 속아서 주문한다.

너무나 먹음직스러운 비주얼의 랍스타 한 마리와 쿠바리브레 칵테일 한 잔의. 우아한 식사는 맛있고 완벽했다.

쿠바리브레는 쿠바럼주에 펩시콜라를 섞는 칵테일로 쿠바의 자유라는 이름도 마음에 들지만 맛 또한 독특하고 마시기에 편했다.

쿠바리브레는 쿠바 여행 중 내 최애의 칵테일로 등극하게 된다.

몰디브에서는 모히또를.

쿠바에서는 쿠바리브레를.

밤에는 트리니닷의 가장 핫한 장소이자 자랑이기도 한 Casa de la

musica(음악의 집)에서 흥거운 라이브 살사음악을 감상하기로 한다. 2달러 정도의 입장티켓을 가지고 들어가 계단이나 테이블에 앉아서 쿠바음악에 빠져들 수 있는 곳이다.

난 로컬맥주 한 병을 들고 여유 있고 즐길 줄 아는 진정한 여행자 흉내를 낸다. 무대 앞에는 살사를 출 수 있는 공간이 마련되어 있었고 여행자와 현지인들이 살사를 추고 있었다.

나는 그 무대에서 가장 잘 추고 가장 매력 있는 살세라에게 약간의 술기운을 빌어 과감하게 춤을 청했다. 혹시 거절하면 어쩌지 라는 나의 불안감은 환하게 웃으며 내 손을 기꺼이 잡아준 그녀로 인하여 사라지게 된다.

스텝이 우리나라에서 내가 배운 살사스텝과 반대여서 헤매게 된다.

살사는 원래 살세로(남자)가 리드해야 하지만 살세라인 그녀에게 모든 것을 맡기기로 한다.

그녀와 나는 살사음악에 취하여 흔들고 웃고 신나는 시간을 보낸다.

Salsa는 두 가지 의미를 가지고 있다.

소스와 그리고 살사댄스.

소스는 음식을 더 맛있고 다양하게 만든다.

살사댄스는 삶을 더 멋있고 즐겁게 민든다

바로 살사댄스는 삶의 소스와 같다.

라는 결론에 도. 달. 한. 다.

흥분이 가시지 않은 가슴으로 숙소로 돌아오는 길.

참 변하지 않는 내 길치의 능력은 여기서도 여지없이 발휘된다.

골목이 많은 도시 트리니닷.

이곳이 저곳 같고 저곳이 이곳 같다.

그러나 난 언제나 그렇듯이 본능적으로 숙소를 찾는다.

이 회귀본능 또한 변함이 없다.

이번 여행은 가슴 뛰는 일을 많이 경험한다.

가슴이 뛴다는 건 즐거운 여행을 하고 있다는 것이다.

가슴이 뛴다는 건 즐거운 삶을 살고 있다는 것이다.

아직도 살사음악은 끝나지 않고 들려오고 있었다.

　어젯밤 열정은 잠시 가슴에 묻어 두고 오늘은 트리니닷 근교 투어를 하기로 한다. 숙소 앞에는 오늘 타고 움직일 멋진 올드카가 주차되어 있었고 우린 촌스러운 여행자 티를 기어이 내고야 만다.

운전석에 앉아 온갖 포즈를 취해본다.

쿠바의 역사도 결국은 스페인에 의해 정복되고 그들에게서 독립하는 역사로 이어진다.

1492년은 유럽에게도, 아메리카에게도 가장 임팩트 있는 해이다.

유럽에게는 대항해 시대를 여는 황금의 해였지만 아메리카인에게는 가장 불행하고 슬픈 해였다.

유럽인으로 인해 2천만 명의 아메리카 원주민이 사라졌다.

스스로 문명인이라고 자부한 유럽인들은 자본적인, 종교적인 이유로 죄없는 무수한 사람들을 희생시켰다.

난 콜럼버스를 신대륙의 개척자가 아닌 신대륙의 살인자라고 생각한다.

지구 역사상 가장 많은 사람이 희생되게 만든 원인 제공자이다. 만약 신대륙 발견이 없었다면 지구는 어떤 모습의 되었을까?

역사나 삶이나 만약이라는 가정법은 존재하지 않는다.

노예 감시탑 위에서 드넓은 들판을 내려다보니 쿠바인의 아픔과 슬픔이 내 마음속으로 밀려온다.

사람이 사람이 아닌 하나의 도구로 여기고 자산으로만 생각한 스페인 영주에게 분노가 치밀었다.

노예 탑 아래에는 하얀 천들이 아이러니하게도 아름답게 휘날리고 있었다. 그 탑 아래에 노점상을 하면서 생계를 이어가는 원주민들이 있었고 난 본능적으로 기념품을 또 사고야 말았다.

분위기 전환 겸 트리니닷의 아름다운 해변인 앙콘해변으로 향한다.

노예 탑에서의 우울한 생각은 이곳의 바다 색감을 마주한 순간 깡그리 사라졌다. 모히또 한 잔에 여유를 찾았고 격한 수영에 무거운 생각은 사라져 버렸다.

인간을 생각하는 갈대라고 표현한다.

다른 동물에게는 없는 생각하는 능력이 인간에게만 존재한다고 단언을 한다.

그런데 우리들이 어떻게 동물의 뇌구조를 완벽하게 이해할 수 있다는 말인가.

동물에게는 본능만이 존재한다고 단정할 수 있는지 의심이 들기 시작
했다.
그리고 인간은 생각을 하는 걸까? 생각이 나는 걸까?
생각이라는 것은 과연 좋은 것인가?
이런 생각이 드니 머리가 점차 아파온다.
결론은 생각을 한다는 건 머리 아픈 일이라는 것이었다.
생각에서 벗어나기 위해 우린 몸을 움직인다.
춤을 추고 운동을 하고 어딘가에 몰입을 하게 되고
몰입의 즐거움은 바로 생각 버리기에 있다.

　밤에는 동굴클럽이 존재한다는 소문을 따라 길을 나선다.
천연동굴 안에는 시끄러운 클럽음악과 화려한 조명, 그리고 여행자들

로 가득가득 했다.

클럽이라는 곳을 한국에서는 가본 적이 없는 나름 순진무구한 한국중
년 남정네다.

이런 곳을 올 수 있는 건 여행 중이라 가능한 특권이자 용기이다.

쿠바리브레를 마시면서 쿠바에서 자유를 얻는다.

신나는 음악에 몸을 맡기면서 몸에 자유를 얻는다.

옆 테이블에서 피우고 있던 물 담배도 호기심으로 피워보면서

일탈중의 또 일탈의 시간을 보낸다.

숙소로 돌아오는 길

내 몸이 흔들리자 울퉁불퉁한 길도 같이 흔들리기 시작했다.

바라는 대로 바라데로.

　바라는 대로 모든 것이 이루어지는 곳, 바로 바라데로에 오다.
카리브해의 맑고 맑은 바다빛깔의 매력이 넘치는 휴양도시로
그냥 놀고 마셔도 되는 곳이다.
물론 나에게 가장 큰 매력 중 매력은 올·인클루시브(All inclusive) 호텔
에 머문다는 것이었다.
이 호텔에서는 모든 것이 공짜라니. 얏호.
늦은 오후 도착으로 아쉽게도 점심시간은 지났으나
나에게는 밥보다 더 좋아하는 술이 기다리고 있었으니 문제될 건 전혀

없었다.

수영복으로 갈아입고 해변에 있는 바(bar)로 직행한다.

시원한 생맥주로 일단 입가심을 하고 모히또와 쿠바리브레까지…

어디서나 술을 짬뽕하면 부작용이 생기는 법이다.

어질어질한 몸을 파라솔 아래에서 추스린다.

한숨 자고 일어나니 석양이 바다 속으로 빨려 들어가고 있었다.

붉고 붉다.

너무나 붉은 석양이 세상의. 모든 것들을 붉게 만들어 버린다.

바다, 모래, 보이는 모든 것들을 석양의 아름다움으로 변신시켰다.

드디어 기대하고 기대한 저녁식사 시간이다.

아, 그럼 그렇지.

너무나 많은 사람들로 인하여 먹고 싶은 구운고기와 생선구이는 줄 서 있는 사람으로 하염없이 기다려야만 했다.

포기의 달인 대니.

그래, 고기보다 와인, 생선보다 맥주로 배를 채운다.

밤에는 야외무대에서 화려한 쇼가 펼쳐진다.

화려한 무희들과 신나는 음악, 그리고 같이. 어울리는 사람들.

놀고 마시고 수영하고 춤추고,

완벽한 여행자가 되었다.

완벽한 휴가자가 되었다.

바라는 대로 되는 바라데로의 하루는 이렇게 끝나간다.

아침의 해는 여전히 뜨겁게 떠올랐다.

카리브해에서 수영을 해야 하는 건 카리브해에 대한 예의다.

파도에 몸을 맡긴 채 유유히 떠밀려 간다.

강렬한 햇볕과 눈이 부시게 파아란 바다,

내가 상상한 휴가가 현실이 되었다.

마지막 점심식사.

아쉽고 아쉬워서 먹고 또 먹는다.

꾸역구역 채워 넣는다.

그리고 마지막 공짜 커피까지 깔끔하게 마무리 한다.

바라는 대로 바라데로에서 이루어졌다.

내 삶 또한 바라는 대로 이루어지기를 바라본다.

단 바라는 것을 소소하게 가질 것.

  정겨운 숙소 주인 부부가 반갑게 맞이해 준다.

옛날식 엘리베이터는 여전히 고장이 나서 움직이질 않고, 3층까지 헉헉거리고 내 방에 도착하자 내 집에 돌아온 듯한 편안함이 느껴졌다.

내가 쿠바에 언제 다시 올 수 있을까?

쉽지 않음을 예감한다.

쿠바에 어울리는 기념품을 사러 아바나 시내에 있는 기념품 거리로 향한다.

플리마켓에서 요것 저것 기념품을 고르고 골목을 활보하고 있는 친절한 삐끼에게 일부러 속아주는 여유도 부리면서 허술한 동네 펍에서 쿠바리브레를 한 잔 마신다.

그리고 그 삐끼남에게도 기꺼이 한 잔 권한다.

우리는 어느새 'Mi amigo' 가 되어 있었다.

  아바나에서의 마지막 저녁식사는 바다가 보이는 식당에서 우아하고 기품있게 혼식사로 마무리 한다.

오롯이 혼자만의 쿠바를 느끼고 싶었다.

밤은 당연 밤 문화를 즐겨야 하는 법이다.

특히 쿠바에서는.

오늘은 쿠바 재즈 바로 Vamos.

'부에나 비스타 소셜 클럽' 영화를 보고 쿠바 재즈에 반해 버린 나에게
는 당연한 필수 코스다.

공연 시작 전에 포스가 넘치는 나이 지긋한 뮤지션이 악기를 조율하고
있었다.

그의 카리스마에 난 이미 빠져들었고, 공연 내내 신나는 음악에 함께
환호하고 어울리는 시간을 가졌다.

한 가지 아쉬운 점은 타악기 중심의 재즈음악으로 내가 원하는 좀 더
조용하고 묵직한 음악은 나오지 않았다는 것이다.

모든 것을 만족시킬 수는 없다.

여행이나 삶이나 틈은 필요하고 부족함도 필요하다.

오늘 밤은 쿠바 축제의 날로 교통통제가 되어 택시를 도저히 잡을 수가 없었다.

그럼 걸어가면 된다. 말레꼰 해변길을 따라 천천히 걸어온다.

아바나의 마지막 밤은 점점 깊어만 가고 해변의 쿠바사람들은 신나는 음악을 함께 듣고 함께 춤을 추고 술병째로 술을 나누어 함께 마시기도 한다.

사랑하는 연인끼리는 진한 키스를 한다.

모든 게 쿠바스럽다.

　새벽 1시에 숙소에 무사히 도착하였으나 문제가 발생했다.

건물 대문이 굳게 잠겨 있다.

숙소 건물은 4층 건물로 3, 4층 일부만 숙소로 이용되고 그 외 방들은 개인들이 살고 있는 건물이다. 밤 늦게는 공동 현관문을 잠가 놓는다.

아, 열쇠도 없고 망연자실,

TV 소리가 들려 꿈발을 서서 안을 들여다보니 노인이 안에서 TV 시청 중이다. 두 손을 들고 흔들어도 반응은 없다.

그렇다면 다시 3개월 간 익힌 스페인어를 다시 써 먹어야지.

"아브레 뿌에르또"… 그 노인과 눈이 마주치고 천천히 나와 문을 열어부면서… '노 뿌에르또, 뿌에르따' 야 라고 정정해 준다.

헷갈릴 수 있지 뭐. 그래도 예의바른 대니, "무차스 그라씨아스"

감사인사를 건네고 무사히 내 방으로 귀환했다.

　마침내 쿠바와 이별의 시간이 오고야 말았다.

짐 정리 중 한 번도 사용하지 않은 모자가 보인다.

주인 아저씨에게 선물하기로 한다.

그리고 어제 빨았던 옷들도 그대로 남겨두기로 한다.

주인 부부에게는 내가 알고 있는 모든 스페인어를 동원하여 감사 엽서
를 전한다. 그새 정이 들어 있었다.

친절하고 유머감각이 넘치는 세뇨르,

인심 좋고 카리스마 넘치는 세뇨라.

가는 게 있으면 오는 게 있는 건 어느 나라나 같은가 보다.

세뇨르는 나에게 쿠바시가를,

세뇨라는 나에게 아바나 클럽 유리잔을 선물로 준다.

우린 뜨거운 이별의 포옹을 했다.

그리고 내게서 무의식적으로 나온 말은 "Mi amigo"

아무것도 안 하고 싶다.

쿠바여 아디오스!

 내 여행 버킷리스트였던 쿠바 씨에게 격하게 작별을 고한다.
카밀라 카베요의 'Havana' 노래는 계속 흥얼거릴 것이고
그럴 때 마다 쿠바의 추억은 소환될 것이다.
멕시코 칸쿤, 요즘 한국 허니문 신혼지로 떠오르는 곳이라고 한다.

물론 난 전혀 몰랐다.

여행사에서 비행기 티켓 예약 건으로 통화했을 때 멕시코 항공 직항편이 그 다음 날은 예약이 가능하다며 하룻밤 더 칸쿤에 머물러도 된다고 했으나 난 단호하게 거절했다.

칸쿤이 어떤 곳인지 알지 못한 무식함의 결과이다.

이 무식함으로 나는 험난한 귀국길을 맞이하게 된다.

칸쿤의 태양은 역시나 강렬했다.

그래서 이곳에서의 내 여행의 자세는

'아무것도 안 하고 싶다' 로 정한다.

다음 날 투어도 당연히 아무데도 가지 않는다.

실내수영장 벤치에서 누워 있다가 앉아 있다가

커피 마시다가 맥주를 마신다.

물에 발을 담그다가 잠깐잠깐 졸기도 한다.

그러다가 칸쿤 맞은편에 있는 이슬라 무헤레스(여인들의 섬)에 룰루랄라 배를 타고 간다.

그러나 섬에는 섬 이름과 상관없이 여자들뿐만 아니라 남자들 또한 많았다.

섬은 크지 않은 규모였고 나는 가장 아름답다는 플라야 노르떼(Playa norte : 북쪽 해변)만 들리기로 한다.

바다색감과 모래해변 모든 게 완벽한 배경이었지만

역시나 너무너무 강렬한 햇볕에 난 녁다운 되고야 만다.

시원한 맥주와 파라솔 아래에 누워

역시 오늘은 '아무것도 안 하고 싶다' 로 보내야 돼, 하며 아무것도 하지 않을 자유를 즐긴다.
그리고 숙소로 돌아와서 흔들의자에서 흔들흔들
맥주 과다흡입으로 흔들흔들.
흔들리지 않는 꽃은 꽃이 아니듯
흔들리지 않는 대니는 대니가 아니다.

  한국 집으로 출발하기 전 경건한 몸과 마음의 상태를 위해서 샤워를
하고 수건으로 닦는 중 실수로 스마트폰이 욕조바닥에 떨어지고 만다.
그리고 무심하게도 액정에 금이 가고야 만다.
요건 분명 마지막까지 긴장을 풀지 말라는 경고라고 스스로 위로한다.
그래도 가슴이 아파옴은 어쩔 수 없었다.

  긴장의 끈을 놓지 않고 귀국의 길로 들어선다
멕시코시티와 도쿄를 거쳐 23시간 만에 무사히 한국에 도착.
그래, 깨진 액정이 액땜을 해 줘서
무탈 없이 귀환한 거라고 믿기로 했다.

난 다시 낯섦에서 익숙함으로 돌아왔다.
난 다시 일탈에서 일상으로 돌아왔다.
난 다시 여행지에서 집으로 돌아왔다.
난 다시 여행자에서 현실속의 나로 돌아왔다.

아쉬우면서도 편안함이 찾아온다.

그냥 가, 대니

초판 1쇄 2020년 7월 24일

지은이 | 대니
펴낸곳 | 문학여행
발행인 | 고민정
주 소 | 서울특별시 중구 을지로 14길 20, 5층
홈페이지 | www.bookjour.com
이메일 | contact@bookjour.com
전 화 | 1600-2591
팩 스 | 0507-517-0001
원고투고 | edit@bookjour.com
출판등록 | 제2017-000048호

ISBN 979-11-88022-34-2 (03810)

문학여행은 출판그룹 한국전자도서출판의 출판브랜드입니다.